향기에 잠기다

1판 1쇄 발행 | 2017년 11월 10일

지은이 | 손진숙
발행인 | 이선우
펴낸곳 | 도서출판 선우미디어
  등록 | 1997. 8. 7 제305-2014-000020
  02643 서울시 동대문구 장한로12길 40, 101동 203호
  ☎ 2272-3351, 3352 팩스: 2272-5540
  sunwoome@hanmail.net
  Printed in Korea ⓒ 2017. 손진숙

값 12,000원

이 도서의 국립중앙도서관 출판예정도서목록(CIP)은 서지정보유통지원시스템
홈페이지(http://seoji.nl.go.kr)와 국가자료공동목록시스템(http://www.nl.go.kr/kolisnet)에서
이용하실 수 있습니다.(CIP제어번호:2017029089)

ISBN 978-89-5658-545-1 03810
ISBN 978-89-5658-546-8 05810(PDF)

향기에 잠기다

손진숙 수필집

선우미디어

진정성으로 우려내는 감동

김형진(수필과 평론 쓰는 사람)

수필은 작가가 살아오면서 겪은 것들을 되새겨보고 깊이 있게 생각함으로써 자기 안에 축적된 사상과 감정을 표출하는 문학 장르이다. 이때 작가의 내면에 축적된 사상과 감정을 표출하는 촉매제는 현재의 경험이다. 눈앞에 펼쳐진 것들이나 겪고 있는 것들을 그대로 그리는 것이 아니라 그에서 연상되는 내면의 세계를 그려내는 것이 수필이라는 말이다.

수필은 다른 장르처럼 대리인을 내세울 수가 없다. 김소월의 〈엄마야 누나야〉의 예닐곱 살짜리 시적자아는 시인 김소월이 아니며, 황순원의 〈소나기〉에 등장하는 소년 역시 소설가 황순원이 아니다. 일인칭주인공 시점을 쓴 김유정의 〈동백꽃〉이나 이상의 〈날개〉를 김유정이나 이상 자신의 이야기라 생각하는 독자는 없다.

수필에서는 작가가 화자가 되어 진솔한 자기를 보여주는 수밖에 없다. 대리인 뒤에 숨을 수도 아른아른한 베일로 자기를 포장할 수도 없다. 여기에 수필을 쓰는 사람의 고민이 있다. 그래서 근래에 보고, 듣고, 느낀 것을 수박 겉핥기 하거나, 어떤 일에 대해 자기의 생각을 무슨 철학자나 사학자인 것처럼 직설적으로 써 놓는가 하면, 자기의 선행이나 자기 집안의 자랑거리를 떠벌이거나, 책에서 읽은 어떤 설說을 나열함으로써 자기의 진면목을 흐리게 하려는 이들도 생겨난다. 이는 수필의 문학적 위상을 무너뜨리는 일이다.

수필을 쓰는 사람이 갖추어야 할 첫 번째 항목은 사람됨이다. 소설처럼 대리인을 내세우거나 시처럼 베일 뒤에 숨을 수가 없어 본모습을 드러낼 수밖에 없는 작가가 이러한 수필의 본성에 적응하기 위해서는 일상생활 속에서 자기를 다스리는 자세를 견지해야 한다. 자아성찰은 필수요, 성심으로 대상을 대하는 것 또한 생활화되어야 한다. 그러한 연후라야 수필의 생명이라 할 수 있는 진정성이 획득된다.

손진숙 작가의 수필에는 겉보기에 특이한 것이 별로 없다. 모두 일상생활 속의 편린들을 소재로 한 이야기이다. 재래시장이나 목욕탕에서 만난 사람, 자매처럼 지내는 친지, 어릴 적 친구, 그리고 가족들에 얽힌 이야기들이다. 그 중에서도 부모, 배우자, 형제자매, 자녀에 대한 이야기가 주를 이룬다.

이십 세기 후반에 시작한 산업화 이후, 급속하게 붕괴된 대가족제도가 야기惹起한 갖가지 패륜적 사건들이 우리의 전통마저 무너뜨리고 있다. 노쇠한 부모를 폐기물로 여기는 자식, 자기의 출세나 이익을 위한 수단으로 마주보고 있는 남편과 아내, 부모의 유산을 놓고 갈등하는 형제. 이러한 반인륜적 사회에서 손진숙 작가는 끝까지 가족 간의 연결고리를 붙잡고 있다. 〈참꽃 따던 날〉에서 보여주는 병든 남편을 살리기 위한 아내의 헌신, 〈녹슨 비녀〉에 도드라지게 드러난 딸에 대한 어머니의 애정, 〈불길〉에 스며 있는 어려움을 겪고 있는 동생이 재기하기를 바라는 누나의 진심, 〈작은오빠〉가 보여주는 남매 간의 우애 등이 그것이다.

그 중에서도 무너져가는 대가족제도의 전통을 재현한 〈옥수수〉. 재래시장에서 옥수수를 사다 아들과 함께 먹으며 어머니 살아 계실 제 손수 심어 가꾼 옥수수를 손자 먹이라며 보내셨던 일을 회상하며 삼대가 모여 옥수수 하모니카를 연주하는 상상을 하는 장면은 압권이다.

　〈신발을 신으며〉는 처음에는 멋져 보였는데 신으니 발에 통증을 주는 구두와 처음에는 좋아 보였는데 결혼하여 살면서는 급한 성격으로 상처를 주었던 남편을 번갈아가며 그리다가 어느 가을날 결혼식장에 갈 때 마땅한 구두가 없어 신은 구두가 발에 불편을 주지 않는다는 이야기와 나이가 든 지금은 급한 성격이 누그러져 순활한 부부생활을 하고 있다는 이야기이다. 이 수필에는 불편을 감수하는 작가의 심성이 녹아 있을 뿐만 아니라 어려움을 참고 견디면 수월한 때가 온다는 보편적 가치관을 드러내고 있다.

　손진숙 작가의 수필에서는 지인이나 일상에서 민니는 사람들을 대하는 성심을 엿볼 수 있다. 〈단골〉 등에서 보여주는 시장 상인과의 관계는 상품을 팔고 사는 사이가 아닌 아주 친밀한 인간관계이며, 〈풀을 뽑으며〉 등에서 보여주는 지인과의 관계는 피도 살도 섞이지 않은 혈육 관계이다. 이는 사람을 대하는 긍정적 신뢰감과 성심에서 비롯된 것이다.

수필을 쓰는 사람이 갖추어야 할 두 번째 항목은 문학의 한 장르로서의 수필에 대한 이해와 이를 작품에 투여할 수 있는 능력이다. 제아무리 특출한 감각과 심오한 철학을 간직하고 있는 사람이라도 이를 문학적으로 형상화하지 못한다면 수필을 창작할 자격이 없다. 대리인이나 베일에 의지할 수 없는 것이 수필이므로 더욱 그러하다.

원래 감정이나 사상에는 형상이 없다. 형상화는 무형인 내면의 모습을 감각적으로 표출하는 작업이다. 일상에서 만나는 많은 대상 중에서 선택한 글감들에 대한 외적 관찰은 물론 내적 통찰을 거친 다음 이를 배열하고 융합하여 주제를 도출하는 것이 수필이다. 그러니까 겉은 구체적인 모습으로 짜여 있지만 속은 추상적인 생각을 도출하는 과정으로 짜인 이중적 구조가 필요하다.

'사람의 뿌리는 영혼일 것이다.'로 끝맺은 〈알로카시아〉, '왜 잠이라고 연습이 필요하지 않겠는가. 잠 잘 자는 습관을 보배같이 간직하여 긴 잠에 들 날에 대비해야겠

다.' 〈잠이 보배〉 등은 앞에서는 구체적 형상을 제시하다
가 끝에서 매듭을 지은 작품들이요, 〈바닥에 대한 기억〉,
〈향기에 잠기다〉 등은 형상화한 장면의 내면에 주제를
묻어놓은 작품들이다. 특히 〈향기에 잠기다〉에서 우연한
기회에 작은 절에 들렀다가 선방에서 난을 치는 스님을
만나 성심을 다해 먹을 가는 화자는 수행修行하는 구도자
의 모습으로 비친다. 여기에 달리 주제어를 제시하는 것
은 사족에 불과하다.

　손진숙 작가의 수필에는 진정성이 짙다. 진정성은 허
위는 물론 과장이나 자기과시를 수납하지 않는다. 억지
를 쓰지 않고 담담하게 조곤조곤 풀어가지만 울림이 있
다. 이 울림이 감동을 생성한다. 모든 예술이 다 그러하
듯 수필도 사실을 알려주려는 것이 아니라 감동을 안겨
주기 위해 창작하는 것이다. 그래서 진정성은 수필의 핵
심요소가 된다.

　이 ≪향기에 잠기다≫ 펴냄을 계기로 손진숙 작가가
한국 수필의 큰 기둥이 되기를 바란다.

제1부

참꽃 따던
날

그날

연꽃을 보기로 한 날이었다.

여름비가 추적추적 내리지만 결심을 뒤집고 싶지는 않았다. 아주 못 지킬 상황이 아니라면 그대로 밀고 나가는 게 옳을 법했다. 아직 밟아보지 않은 곳에 대한 기대와 설렘을 안고 집을 나섰다.

연못에 막 도착했을 때 장대비가 내렸다. 그렇다고 발길을 되돌릴 수는 없었다. 드넓게 펼쳐진 연꽃 밭을 바라보며 걸었다. 연잎처럼 생긴 우산을 썼지만 비바람의 들이침을 막지는 못해 아랫도리가 흠씬 젖었다. 어쩌면, 연꽃 향내를 함빡 머금은 비였으리라.

저만치, 눈앞에 이층찻집이 신기루처럼 나타났다. 연

꽃 비를 맞으며 오는 이를 기다리고 있었던 걸까? 망설임 없이 목조건물 계단을 밟고 올랐다. 조심스럽게 디뎠는데도 삐걱거리는 울림이 났다. 눅진한 발자국이 또박또박 그려지기도 했다. 오고 간 흔적은 남게 마련이다. 그날의 내 자취도 어디엔가는 남아 있으리라.

따뜻한 찻잔에서 피어나는 아늑한 향기가 전신에 스며들었다. 음습한 기운을 달아나게 해 주었다. 마음이 차차 평온해지면서 몸은 차츰 보송해졌다. 밤새 연잎 위에 떨어진 이슬방울이 아침 햇살을 받아 사라져 버리듯이.

빗소리도 강약의 어울림이 필요했을까. 장중하던 비의 선율이 잔잔한 음률로 바뀌었다. 찻집에서 나왔다. 빗방울은 은구슬이 되어 연잎 위에서 묘기를 부렸다. 진기명기의 한 장면이었다. 신기하게 바라보는 내 눈동자도 은구슬을 닮아갈 것만 같았다.

연은 진흙 속에 뿌리를 내렸으나 연꽃은 어느 구석에도 불결한 표식이 없다. 한 점 티끌의 그림자도 비치지 않는 청정한 꽃…. 인당수에 몸을 던진 심청의 모습이 저와 같이 정결했을까? 연꽃 한 송이를 들어 보인 석가모니의 표정이 저처럼 오묘했을까? 심청이 행하려던 효도의 실체는 무엇이며, 부처가 전하려던 진리의 실상은 무엇이었을까? 부모은중경에 이어 묘법연화경이 떠올랐다. 한참 동안 연잎이 빗방울을 굴리듯 아무리 생각을 굴려 보았으나 뚜렷이 잡히는 것은 없었다.

밤의 연못은 고요하고 평화로웠다. 어디선가 어두운 정적을 깨트리고 몸을 뒤채는 소리가 들리는 듯했다. 절정의 봉오리를 터뜨리기 위한 간절한 몸부림인가. 속세의 번뇌를 버리고 정진하는 구도자의 염불 소리인가. 온 세상이 조용히 귀를 모으고 있었다.

저절로 피어나는 꽃이나 우연히 이루어진 도道는 아마도 없으리라. 두타제일 마하가섭이 이심전심의 묘리를 깨달음에는 엄격하고 철저한 수행이 따랐을 것이다. 무수한 고난의 시간이 연꽃잎 한 장 한 장에 새겨져 반짝였다. 그것은 심한 진통 끝에 탄생한 귀하고 아름다운 경전 經典이었다.

그 밤이 지나고 청명한 아침이 왔다. 막무가내 내리던 비는 그쳐 잠잠했다. 찌푸려 울던 하늘도 방그레 웃고 있었다. 어제 우쭐대던 바람은 연잎의 허리에 기대어 천진난만한 기색이었다.

비에 말끔히 씻긴 누리는 더없이 밝고 푸른 정경이었다. 번잡하던 풍경도 청정해진 느낌이었다. 댓줄기처럼 쏟아졌던 연밭의 빗소리는 흐리던 나의 정신에 내리친 죽비소리나 다름없었다.

그날, 그날은 내 마음의 밭에 연꽃 한 송이 뿌리내린 날이었다.

알로카시아

안방 창문 곁에 놓인 알로카시아에 눈길을 준다. 도깨비방망이를 세운 것처럼 뭉툭한 밑둥치에서 길게 벋은 줄기마다 넓적한 잎을 받치고 있어 여러 개의 우산을 펼친 것 같다. 줄기 끄트머리에 달린 잎은 먼 조상이 토란잎과 형제였을까, 아니면 연잎과 배다른 형제였을는지도 모른다.

그런데 가엾게도 줄기들이 묶여 있다. 바닥으로 잎이 처지는 것을 막으려고 남편이 취한 처방이다. 끈에 매여 있는 모습이 마치 결박당한 죄인 같다. 알로카시아를 분양해 오던 날의 몇 장면이 눈앞에 또렷하게 나타난다.

여름이 끝날 즈음의 주말이었다. 햇감자를 깎아 삶고

있는데 여느 때보다 일찍 귀가한 남편이 현관에 들어서 자마자 처음 보는 화초 묘목苗木 하나를 내게 내밀면서 빨리 화분에 심으라고 했다. 그러고는 막걸리 한잔하고 오겠다며 외출했다. 집 안에는 마땅한 화분이 없어 하는 수 없이 묘목을 들고 동네 꽃집으로 달려갔다.

꽃집 주인이 묘목에 비해 꽤 큰 화분을 골라 주었다. 왜 이렇게 커야 하느냐고 묻자 이 정도는 돼야 밑둥치와 균형을 이룬다고 했다. 실속이 없는 균형도 나름대로 필요한 법이었다. 뿌리나 잎은 볼품없어도 화분의 흙 밖으로 솟은 둥치는 배와 등이 볼록한 다듬이 꼴이었다. 계산을 치르며 이름을 묻자 알로카시아라 알려 주었다.

밑둥치가 제법 굵은 묘목을 심은 화분은 꽤 묵직했다. 우선 거실 한쪽에 놓고 그새 식어 맛이 없어진 감자를 먹으며 새로 가족이 된 알로카시아와 호기심 어린 눈빛을 주고받았다. 키우기 까다롭다던 꽃집 주인의 말이 사뭇 뇌리에서 떠나지 않았다.

그 뒤 뜻밖의 상황이 벌어졌다. 결혼해 삼십 년 동안 화초에 신경을 쓴 적이라곤 없던 남편인데 알로카시아에게는 달랐다. 거실의 베란다 쪽에 놓아둔 화분을 그날 밤

외출에서 돌아오자 안방 머리맡에 가져다 두는 것이었다. 다음날도 또 그 다음날도 내가 거실에 내다 놓으면 남편은 밤마다 다시 안방에 들였다.

남편에게 알로카시아를 준 노파가 공기정화제니 방에 두고 자라고 했단다. 그러면 건강에 좋을 거라고 하면서. 그 말을 들은 남편은 알로카시아를 방에 두면 공기가 맑아지는 효과가 있다고 믿었다. 알로카시아가 있는 방에서 자고 일어나면 온몸이 개운하다고까지 했다. 낮에는 거실에 내놓고, 밤에는 안방에 들여놓다가 나중에는 그것도 번거로워 한자리에 두었다. 그때부터 알로카시아는 안방의 공기정화를 책임지게 되었다.

알로카시아는 놀랍게도 성장이 빨랐다. 우리 집에 처음 올 때는 줄기 하나가 겨우 나와 그 끄트머리에 새의 부리처럼 뾰족한 속잎을 달고 있던 것이, 며칠 지나지 않아 추석날 밤하늘에 떠오른 보름달 만해졌다. 잇달아 새로 나온 줄기가 반대편에도 벋어 두 팔을 벌리고 만세를 부르고 있는 형상이 되었다.

알로카시아는 차츰 제 무게를 감당하지 못해 잎을 단 줄기를 바닥으로 구부렸다. 문제는 거기에서 그치지 않았다. 잎이 넉 장이나 되자 빈약한 뿌리에 비해 줄기와 잎의 기세가 월등해졌다. 마침 물을 주는 날이라서 알로카시아를 베란다로 데려갔다. 물뿌리개로 잎과 줄기에 물을 뿌려 주었다. 줄기가 물뿌리개에서 쏟아내는 물방울의 무게를 견디지 못해 잎이 땅에 닿을락 말락 너풀거렸다. 난파되기 전의 선박 같았으나 설마하니 어떠랴 싶었다. 그런데 그만, 뿌리가 휘청 뽑혀 줄기가 누워버리는 게 아닌가.

깜짝 놀라 수습에 나섰다. 뿌리를 바로 세우고 흙을 북돋아 눌러 다졌다. 불안하지만 가까스로 바로 서기는 했다. 아직 잎에서 물방울이 떨어지는데도 응급환자를 호송하듯이 안방 창문가에 데려다 놓았다. 기울어질 염려가 있는 쪽을 창문에 의지할 수 있도록 가까이 붙여 놓았다.

그날부터 물을 줄 날이 돌아와도 베란다로 나들이 시키지 않는다. 그 자리에 둔 채 뿌리를 감싼 흙에다 조심스럽게 물을 부어 준다. 알로카시아는 언제 또 쓰러질지도 모를 불안한 삶을 연명하고 있다. 튼튼한 기반을 갖추지 못해 혼자 힘으로 당당하게 서지 못하고 누군가에게 의지하며 살아가고 있는 내 모습과도 닮은 성싶다.

비스듬히 유리창에 얼굴을 기대고 있는 알로카시아를 바라본다. 뿌리가 허약해 놓으니 안방의 공기정화를 도맡기에 힘겨운 모양이다.

사람의 뿌리는 영혼일 것이다.

살구나무가 있는 풍경

식탁 위에 살구가 봉긋이 놓여 있다. 시 외곽에 밭을 경작하는 지곡 언니가 따다 준 것이다. 햇빛과 달빛을 듬뿍 받아 둥글고 노랗게 잘 익었다. 두 해 전이던가, 풀을 뽑아 주러 갔을 때 밭 둘레에 의젓하게 서 있는 살구나무들을 본 적이 있다. 그 나무에 열려서 익은 살구다.

살구 봉지를 받았을 때는 약간 덜 익은 것도 있었다. 소쿠리에 담아 식탁 한쪽에 두었다. 잘 익은 녀석들을 우선 골라 먹고 남겼더니, 이삼일 후부터 다투어 매혹의 빛깔과 말랑한 과육을 자랑했다. 반으로 가르니 겉과 속이 똑같이 노랬다. 씨만 가려내면 한입에 쏙 들어가는 크기. 반쪽을 입에 넣으니 상큼하고 향긋한 맛이 입안에서 감

돌았다.

어릴 때 나는 살구를 무척 좋아했다. 살구꽃이 볼그레하게 피면 내 마음도 덩달아 볼그스름하게 피어났다. 새파란 열매가 달리면서부터 눈독을 들이기 시작했다. 노르스름하게 익는 열매가 눈에 띄면 날마다 살구나무 밑을 살피러 다녔다.

우리 집 뒤란 탱자나무 울타리 사이를 빠져나가면 오솔길이 나오고 몇 발짝 걸으면 뽕나무밭이었다. 그 옆에 비스듬히 펼쳐진 대밭의 대나무들을 요리조리 피해 내려가면 좁고 얕은 개울이 흘렀다. 사람들의 발길이 드문, 고요하고 비밀스러운 지대였다. 그 개울 건너편 가파른 언덕에 늙은 살구나무가 개울물에 제 몸을 비추며 후덕하게 서 있었다.

살구나무는 철이 되면 농익은 살구를 쉼 없이 떨어뜨렸다. 젖먹이가 배고프면 어머니 젖가슴에 파고들 듯 먹을거리가 궁하면 살구나무 아래로 찾아 들었다. 매번 군입정하기에 섭섭지 않을 만큼 치맛자락에 싸 올 수 있었다. 빈손으로 돌려보낸 적이 없었다.

살구나무가 있는 언덕 위 산기슭에는 금방이라도 쓰러

질 듯한 오두막이 한 채 있었다. 뒷등에는 야트막한 산이 병풍처럼 둘러져 있었다. 산자락이 받쳐 주지 않으면 뒤로 무너질 것 같은 모양새였다. 오두막집의 방 한 칸에는 원촌영감이 혼자 살고 있었다. 원촌영감에게 자식이 있는지 없는지는 알 수 없었으나 한 번도 눈에 띄지 않았다. 형산강 너머 오금리에 사는 초등학교 친구 난이가 친척 할아버지라며 가끔 다녀가곤 했다. 난이는 나보다 두어 살 많고 키도 껑충 컸다.

언제부턴지 돌네가 곁방에 더부살이를 들었다. 우리는 원촌영감은 할배라고 불렀지만 돌네는 할매라고 부르지 않았다. 돌네의 머리가 파뿌리처럼 세고 이마가 땅에 닿을 듯 등이 꼬부라졌지만 아이들은 "돌네야!"라고 불렀다. 장난꾸러기들은 돌네가 보이기라도 하면 "돌네야! 돌아라. 밀네야! 밀어라."라며 놀려댔다. 돌네는 듣는지 마는지 달팽이처럼 느리게 가던 길을 갔다. 이 동네 저 동네 돌아다닌다 해서 돌네라고 불렀는지, 돌이라는 이름과 연관이 있었는지 알 길이 없다.

돌네가 우리 집 앞을 지나가는 모습을 어쩌다가 볼 수 있었다. 작달막한 체구가 ㄱ자로 구부러져 호미를 연상

시켰다. 반 굽은 허리보다 긴 지팡이에 겨우 의지해 다녔다. 가다가 지치면 우리 집 사립문 앞에서 쉬었다 가곤 했다. 목이 마르면 물을 달라고 하여 떠다 준 적도 있고, 가끔 사립을 밀고 들어와 쌀을 달라고 하여 놋그릇에 퍼다 준 적도 있었다.

그날도 길을 가다 힘이 들었는지 우리 집 사립짝 앞에 앉아 쉬고 있었다. 가까이 가서 보니 머리가 너무 헝클어져 있었다. 나는 얼른 얼레빗을 찾아 곱게 빗어 묶어 주었다. 어찌나 엉켰던지 빗이 제대로 내려가지 않았다.

어머니는 그런 나를 보고 놀라신 듯했다.

"그 머리를 어떻게 빗겼니?"

식구들이 모인 자리에서 재차 물으셨다. 어머니는 비위가 약해 도저히 못한다는 일을 나는 별 거부감 없이 할 수 있었다. 내 할머니 머리나 별반 다름없이 생각되었다.

원촌영감이나 돌네는 내가 살구를 주워가도 혼내지 않았다. 산 밑 외딴 오막살이 주변에 알랑거리면 원촌할배와 돌네는 문 앞에 서서 우두커니 바라보고만 있었다. 지금 생각하면 원촌할배랑 돌네도 말랑말랑한 살구를 좋아했을지도 모르는데.

보리가 누렇게 익는 철이면 살구도 노랗게 익었다. 태풍이 지나간 다음날이면 살구가 우두두 떨어져 있었다. 줍는 맛에도 먹는 맛에도 신바람이 났다. 태풍 뒤 나의 관심은 오직 혀끝에 와 닿는 살구 맛에 쏠려 있었다.

언니가 가져다 준 살구와 옛 고향 마을의 살구나무에 열렸던 살구는 모양과 색깔에서 차이가 났다. 고향의 살구는 작고 색깔이 더 짙었으며 꼭지 부분에 검은 점이 박혀 있었다. 맛과 향도 더 진했다. 토질도 품종도 바뀌어 이제 예전과 같은 맛을 다시는 대할 수 없을 것이다. 살구만 변한 게 아니라 내 입맛도 변해버렸을 테니 말이다.

그러나, 아직도 내 마음에는 살구나무가 있는 풍경이 한 폭 정겨운 그림으로 자리잡고 있다. 오늘도 나는 계집아이가 되어 살구나무가 있는 풍경 속을 살금살금 거닐어 본다.

옥수수

치과에서 치료를 받고 나오니 늦여름 파란 하늘에 햇빛이 밝다. 근처에 있는 전통시장 앞을 지나는데 시골 할머니가 옥수수를 무더기 지어 놓고 팔고 있다. 걸음을 멈추고 좌판 앞에 선다. 며칠 전에 옥수수를 먹고 싶다고 하던 아들의 말이 떠올라 여덟 개씩 모아 놓은 두 무더기를 산다.

집에 돌아와 싱크대 앞에서 보석함을 열듯이 옥수수 껍질을 연다. 부드러운 수염이 옥수수자루를 명주 망사網絲처럼 촘촘히 두르고 있다. 손가락 끝에 신경을 모아 한 올도 남기지 않고 수염을 벗겨 낸다. 상앗빛을 띤 알알이 한 줄 한 줄 가지런히 드러난다.

아들이 곁에 와서 한마디 한다.

"내가 옥수수를 얼마나 좋아하는데, 좀 더 일찍 사 주지 않고."

순간, 먼 들녘을 휘감아 도는 바람 소리가 귓전에 스친다. 그 바람 소리 사이로 들리는 음성이 있다.

아들이 대여섯 살 때였다. 저녁밥을 먹고 있는데 전화벨이 울렸다. 수화기를 드니 어머니 음성이었다.

"승재 먹이라고 옥수수 심었다."

이 늦은 시간까지 옥수수를 심고 있었다니, 젖은 솜뭉치로 누르는 듯 가슴이 먹먹했다. 당신은 이가 성치 않아 옥수수를 맛나게 먹을 수 없지만 귀여운 외손자가 먹는 모습을 그리며 굽은 허리를 더욱 굽혀 씨앗을 뿌렸을 것이다. 마지막 한 알을 땅에 묻고 나서 흙 묻은 손을 씻기도 전에 전화기부터 찾았으리라. 풍성한 수확을 약속 받기라도 한 것처럼 기쁨에 들뜬 목소리였다.

어머니는 한 해도 거르지 않고 옥수수를 심었다. 옥수수는 비옥하고 너른 땅을 필요로 하지 않는다. 옆의 땅은 넘보지 않고 하늘만 바라보고 자란다. 그 직립의 성질을 아는지라 집 앞밭 가장자리에다 빙 둘러 옥수수를 심었다. 기름진 땅은 다른 작물에게 양보하고 둘레에 묵묵히 서 있는 자세가 마치 보초를 서고 있는 파수꾼 같았다. 다른 사람의 안위를 위해 자신의 마음속에서 꿈틀거리는 모든 욕망을 잠재우고 있는 묵연한 모습….

옥수수는 돌보는 손길을 달리 요구하지도 않는다. 농부의 손길이 와도 그만 안 와도 그만, 척박한 환경에서도 까탈 부리지 않고 스스로 알아서 쑥쑥 자란다.

다 자라면 양쪽 겨드랑이에 어긋나게 뾰족 주머니가 솟는다. 계절 감각을 잃어버린 산타클로스가 거꾸로 세워 매달고 간 걸까. 어린이의 양말만 한 주머니 속에 들어앉은 자루에는 아름다운 진주알이 총총히 박혀 있다. 자루가 주머니를 가득 채우면 알들은 부처의 사리처럼 은은한 빛을 머금는다. 그래서일까. 옥수수 구수한 맛은 많은 이의 입맛을 사로잡는다.

옥수수 안친 솥을 가스레인지에 얹고 불을 켠다. 확 인푸른 불길이 꽃받침처럼 솥 밑바닥을 감싼다. 솥 앞에서 서성이다가 식탁 의자에 앉는다. 불길을 받아 익어가는 옥수수를 생각하니 벌써부터 입 안에 침이 고인다.

내가 예닐곱 살 무렵이었다. 그해에는 무슨 까닭이었

는지 들녘에 있는 밭에다 옥수수를 심었다. 그해 따라 예기치 않은 여름 태풍이 몰아쳐 왔다. 휘몰아친 비바람에 옥수숫대는 모조리 쓰러지고 부러져 쑥대밭이 되었다. 태풍이 물러가고 거짓말같이 고요해진 이튿날, 어머니는 쓰러진 옥수숫대를 일으켜 세우고 드러난 뿌리에 흙을 돋워 주었다. 정성을 들인 보람이 있어 며칠 뒤에는 겉보기에 멀쩡한 모양새를 갖추었다. 그러나 거두어들인 옥수수는 쭉정이뿐이었다.

　방학을 맞아 어머니를 따라 외가 동네 '검단약물탕'에 갔을 때였다. 지금이나 그때나 사람들이 모이는 곳이면 장사꾼이 몰려든다. 그 장사꾼들 틈바구니에 옥수수를 파는 시골 할머니가 있었다. 자연 내 눈길은 옥수수에 가 멎었다. 그 옥수수는 우리 집에서 먹던 것과 크기와 색깔이 달랐다. 자루의 크기는 절반 정도요, 색깔은 상앗빛이 아니라 자줏빛이었다. '저 옥수수 맛은 어떨까?' 쉬 눈을 떼지 못하고 지나치려는데 뜻밖에도 어머니기 옥수수 한 묶음을 사서 내 손에 쥐어 주었다.

　그리고 나서 약물을 먹었는지, 외갓집에는 들렀는지, 도무지 기억이 나지 않는다. 그 옥수수 맛이 고소했는지 달콤했는지도 떠올릴 수 없다. 다만 태풍이 옥수숫대를 싹 쓸어 가 버린 그해 여름, 잘 익은 옥수수를 딸에게 먹이고 싶어 했을 어머니의 마음만이 오롯이 살아난다. 그때 일을 생각하면 옥수숫대는 아기를 등에 업고 밭두렁에 서서 밭작물을 둘러보는 어머니의 모습으로 되살아난다.

삶은 옥수수를 쟁반에 담아 식탁에 올려놓는다. 기다리고 있던 아들 녀석이 잘 생긴 옥수수를 두 손으로 잡고 하모니카를 분다. 음계의 변화가 심해서인지 하모니카의 좌우 움직임이 경쾌하다. 흥겨운 가락이 흐르는 것만 같아 흐뭇한 미소를 지으며 바라보다가 나도 못생긴 옥수수 하나를 집어 들고 하모니카를 불기 시작한다. 엄마와 아들의 이중주가 가슴에서 화음을 이룬다. 눈빛을 주고받으며 연주하자 아름다운 선율이 집 안을 가득 채운다.

이제는 시장에 가서 사다 먹을 수밖에 없는 옥수수다. 옥수수를 무척 좋아하는 아들을 위해 내일모레 치과에 갔다 올 때에도 전통시장 앞 좌판을 유심히 둘러봐야겠다. 먹음직스러운 옥수수가 있으면 몇 자루는 따로 간수하였다가 어머니 유택에도 가져가야겠다. 옥수수자루를 두 손으로 잡고 눈웃음을 지으며 하모니카를 부는 어머니의 모습이 눈에 어린다.

아들과 나와 어머니, 삼대가 연주하는 하모니카 화음
이 반짝이는 강물이 되어 가슴에 흐른다.

복숭아

　지난여름 K시에서 문학행사가 있었다. 오후 3시에 시작된 첫날 행사가 1,2부로 나뉘어 밤 10시경에 끝났다. 여성회원 몇이 모여 조촐한 뒤풀이를 했다. 입가심으로 청도 복숭아가 예쁜 접시에 소복이 담겨 나왔다. 다들 맛있다며 입에 넣는데 유독 한 회원은 뒤로 물러나 있었다. 의아하게 여긴 누군가가 왜 먹지 않느냐고 묻자 복숭아 알레르기가 있단다. 먹고 나서 고통을 겪기보다는 먹고 싶은 걸 참는 고통을 택하는 게 더 낫다고 했다. 잔잔하게 웃는 모습에는 아쉬워하는 기색조차 없어 보였다. 나는 그녀를 물끄러미 바라보다가 반달처럼 생긴 복숭아 한 조각을 집어 들었다.

임신 5개월이 지나서였다. 그때 세 들어 살던 집에서 그리 멀지 않은 곳에 청과물 시장이 있었다. 과일가게마다 먹음직스러운 복숭아가 소담하게 쌓여 있었다. 사다 놓은 복숭아가 떨어지려 하면 사오고 또 사와 줄기차게 먹어댔다. 둥근달을 닮아가던 뱃속에서는 복숭아의 수분이 가득 차 출렁거리는 것 같았다. 그 출렁거림 사이로 이따금씩 폴짝 차는 발길질이 느껴졌다. 깜짝 놀라기도 하고, 살짝 신기하기도 했다.

7월초였지 싶다. 정기검진을 받으러 산부인과에 갔다. 검진을 마치고 마주한 의사의 입에서 뜻밖의 말이 떨어졌다. "아기가 죽었어요. 종합병원에 가보셔야겠요."

처음에는 잘못 들은 게 아닌가 했다. 믿을 수 없다는 내 표정을 읽은 의사가 "종합병원에 가서 수술하셔야 돼요."라며 또박또박 명토를 박았다. 마른하늘에 날벼락이 따로 없었다.

종합병원 분만실 병상에서 가까스로 눈을 뜨는데 간호사가 아이를 받아 든 모습이 어렴풋이 보였다. 의식이 가물거리는 중에도 아이 성별이 궁금했다. "뭐예요?" 주변에서 남아선호사상이 알게 모르게 나를 옥죄던 터였다.

간호사가 말했다. "아들이에요." 첫딸을 낳은 후에 얼마나 바라던 아들이었던가.

긴 세월을 함께하지는 못했다. 배 안에서만 겨우 7개월 품었을 뿐이다. 모자간의 교감이라면 간간이 느끼던 발길질이 전부였다. 그런데도 눈물이 그치지 않고 흘러나왔다. 그 뒤 한동안은 버스를 타고 창밖을 내다보다가도 배가 불룩한 여인이 눈에 띄면 쉽게 눈길을 거둘 수가 없었다. 그때 나의 눈에는, 아기를 가져 배가 불룩한 여인이 이 세상에서 가장 행복한 사람처럼 보였다.

무엇을 잘못했는지 곰곰이 더듬어 보았다. 복숭아를 너무 많이 먹은 것 말고는 다른 까닭은 떠올릴 수가 없었다. 그 입덧에서는 유난히 복숭아가 당겨 하루 세 끼 밥은 뒷전으로 하고 복숭아로만 식욕을 채웠으니….

내가 어릴 적, 고향집 사립문 앞에서 건너다보이는 저편 산자락에 복숭아밭이 있었다. 여름철이면 복숭아밭에 심부름을 가곤 했다. 농익은 복숭아는 늦봄에서 한여름까지 우리 식구들의 입맛을 돋워주는 청신과淸新果였다. 식구들과 함께 신선하고 달큼한 맛을 즐기면서 둥근 모양과 부드러운 감촉에서 아기의 홍조 띤 볼을 떠올리기도 했다.

　여름 태풍이 끝나갈 즈음엔 앞 들판 가운데로 흐르는 강물에 복숭아가 떠내려갔다. 떠내려가는 복숭아를 한 자루나 주웠다는 소문을 듣고 강가에 나가 본 적도 있었다. 물살이 세차 건질 엄두를 낼 수는 없었으나 탐스러운 복숭아가 둥둥 떠내려가는 광경을 보면서 태풍이 한바탕 더 불어 닥치기를 남몰래 바라기도 했다. 복숭아 맛에 사로잡혀 과수원지기의 아픔까지는 미처 생각하지 못한 철부지였다.

　7개월 동안 내가 품었던 그 아이도 강물에 떠내려가는 복숭아와 같은 처지였다. 지금 뒤돌아보면 나를 휩쓸고 간 크고 작은 바람 중 그 태풍보다 위력적인 바람은 없었다. 잎을 찢고, 열매를 떨어뜨리고, 가지를 꺾고, 줄기를 뒤흔들어 하마터면 뿌리까지 뽑힐 지경이었으니까. 그러나 소란하고 사나운 태풍이 있으면 고요하고 평온한 미풍도 있는 법. 태풍의 위력이 아무리 강하다 헤도 오래지 않아 소멸되는 것은 자연의 섭리이리라.

　뒤풀이 자리에서 집어든 복숭아 조각을 입에 넣는다. 향긋함이 입안에 감돈다. 오랫동안 숨죽이고 있던 신경이 깨어나 미세하게 꿈틀거리기 시작함을 감지한다.

오는 주말에는 가족과 함께 호리못 근처로 나들이를 가야겠다. 맑은 호리못에 명지바람이 불면 잔물결이 눈부시게 반짝일 것이다. 돌아오는 길에 농산물 도매시장에 들러 천도와 백도와 황도를 고루 섞어 봉지에 담아야겠다. 복숭아털 알레르기가 있는 딸아이는 천도복숭아를 고를 것이고, 태풍이 지나간 다음 해에 태어난 아들은 단단하게 씹히는 황도를 거머쥘 것이다. 오래된 복숭아나무 등걸처럼 나이 든 남편은 물렁한 백도를 베어 물 것이다. 나는 복숭아라면 모양과 빛깔과 맛을 가리지 않는다.

이제 내 앞에는 미풍만 불기를 바란다. 복숭아를 사러 가기로 한 이번 주말이 은근히 기다려진다.

참꽃 따던 날

등산 모임에서 근교 산에 갔다. 산의 초입에서 커다랗게 우거진 진달래 한 그루가 우리를 반겼다. 넓게 편 가지에 다닥다닥 꽃송이를 거느리고 있는 모습이 한가슴으로 자식을 맞아들이는 어머니의 품 같았다. 어머니의 품에 안기어 사진을 찍었다. 찰칵! 셔터 소리가 난 뒤에도 한참을 머뭇거리다가 품에서 빠져나왔다.

저만치 앞산 봉우리를 바라보는 눈에 어릴 적 살던 초가집이 어렸다. 초가집 사랑방에는 수척한 얼굴의 아버지가 있고, 바로 앞밭에는 흰 수건을 머리에 두른 어머니가 있었다. 나는 사립문 밖에 쪼그리고 앉아 김매는 어머니의 모습을 좇고 있다.

그 봄 어느 날이었다. 작은오빠와 같이 어머니를 따라 외가 동네 산으로 참꽃을 따러 갔다. 아버지의 약을 만들기 위해서였다. 마흔이 채 안 된 아버지의 병은 어찌된 일인지 청진기는 물론 엑스레이로도 진단하지 못했다. 병원에서 치료를 받을 수도 약방에서 약을 지을 수도 없었다. 자연 민간요법에 매달릴 수밖에 없었다.

아버지는 젊어서 노름판을 기웃거렸다. 노름판에서 큰돈을 잃자 술을 많이 마시고 밤늦게 집으로 돌아오다가 찬 땅에서 쓰러져 잠든 적이 있었다. 그 한뎃잠이 아버지 병의 원인이라고 어머니는 조심스레 진단했다. 밤이슬을 맞으며 맨땅에서 자는 통에 냉기가 골수에 스미어 생긴 병이라는 생각이었다.

백방으로 약을 구해 써 봐도 소용이 없었다. 그러다 비단개구리와 참꽃으로 담근 술이 특효가 있다는 소문을 접했다. 어머니는 외가 동네 뒷산을 택했다. 나와 작은오빠도 따라나섰다. 외사촌 훈이와 귀복이도 진달래꽃이 만발한 산으로 함께 갔다.

우리는 계곡을 타고 오르며 비단개구리를 잡았다. 아버지의 약에 쓰려는 게 아니었다면 징그러운 비단개구리를 보는 것만으로도 흠칫 놀라 물러났을 것이다. 그러나 한 마리라도 더 잡기 위해 촉각을 곤두세웠다. 오빠와 나는 서로 먼저 발견하려고 개구리보다 더 잽싸게 폴짝거리며 뛰었다. 그런 아이들 뒤를 따르는 어머니의 심정은 참꽃 빛깔보다 더 진한 수심愁心에 젖어 있었을 것이다.

계곡이 끝나자 비단개구리는 눈에 띄지 않았다. 그제야 참꽃을 따 모으는 데 신경을 썼다. 허리에 묶은 보자기는 참꽃을 먹는 하마였다. 아무리 벌린 입에 넣어줘도 마다하지 않고 잘도 삼켰다. 정신없이 꽃을 따다 보니 점심때가 훨씬 지나 있었다. 점차 몸은 지치고 배도 고파 왔다.

건너편 산중턱에 조그마한 절이 있었다. 우리들의 발길은 저절로 그리로 향했다. 목을 축일 물이라도 얻어 마실 수 있는 유일한 곳이었다. 그곳은 스님이 된 할머니의 조카가 머무는 암자였다. 스님은 출타하고 없었지만 중로中老의 보살님이 우리를 따뜻하게 맞았다. 우리의 목마름을 눈치챘는지 옹달샘의 물을 떠다 주었다. 물을 마신 어머니는 참꽃을 따러 온 사연을 이야기했다. 잠자코 이야기를 듣고 난 보살님이 점심을 먹었는지 물었다.

어머니는 먹었다고 둘러댔지만 어린 우리들은 배고픔을 감추지 못했다. 네 아이 중 누군가의 입에서 점심을 못 먹었다는 말이 튀어나왔다. 보살님은 우리를 방으로 안내하고 공양간으로 나갔다. 밥이 되어 나오기까지 아이들은 벽에 기대어 뱃속에 나는 꼬르륵 소리만 듣고 있었고, 어머니는 마루로 나가 참꽃 흐드러진 앞산 등성이만 바라보고 있었다.

드디어 밥상이 우리들 앞에 놓였다. 갓 지은 밥에 산나물 무침과 김장김치가 상차림의 전부였다. 산나물 무침과 잘 갈무리한 김장김치가 어찌나 향기롭고 감칠맛이 나던지…. 우리는 두고두고 참꽃 따던 날의 밥과 산나물 무침과 김장김치의 맛을 화제에 올리곤 했다.

그 비단개구리와 참꽃으로 빚은 술로도 아버지의 병환은 차도가 없었다. 근 십 년을 병과 씨름한 뒤에야 참꽃이 시들어지듯 돌아가셨다. 아버지 돌아가신 뒤 어머니는 허구한 날 옆도 돌아보지 않고 일에 매달렸다.

메일로 전송된 사진을 본다. 나를 둘러싸고 있는 참꽃이 오랜 세월 동안 다치고 덧난 어머니의 상처에서 점점이 피어난 꽃송이로 보인다. 거기에 몸을 움직일 수조차 없어 어머니에게 기대어 연명하던 아버지 아픔의 꽃망울이 겹친다. 나는 그 상처와 아픔의 소리에, 나이를 먹어 어두워지는 귀를 갖다 댄다.

무

　백설이 밤새 온 천지를 덮었다. 쌓인 눈을 밟으며 시장에 들렀다. 마치 눈으로 빚은 것처럼 흰 빛깔의 무가 좌판에서 나를 기다리고 있었다는 눈빛이다. 가장 눈빛 간절해 보이는 미끈하고 통통한 무 하나를 골랐다.

　나는 무만 보면 입에 넣고 싶어진다. 무를 재료로 반찬을 만들 때면 푸른 기가 도는 부분을 곧잘 베어 문다. 아이가 보이면 가져가서 아이의 입에도 넣어준다. 겨울철, 과일 못지않게 무를 즐겨 먹던 어린 시절로 무작정 걸어들어간다.

　삭풍이 몰아치던 긴 밤. 밤이 이슥해 배가 출출해지면 무 생각이 났다. 밖에 나가 찬바람을 맞는 일이 끔찍하게 싫었지만 입 속에 괴는 침을 당해내지 못했다. 헛간에 들어가 바람 들지 않게 덮어놓은 짚단을 헤치고 가마니 속에서 깊이 잠들어 있는 무들 가운데 말쑥한 놈을 골라 부리나케 방으로 뛰어 들어왔다. 식구들이 둘러앉아 무를 깎아 씹어서 먹을 때, 이가 성하지 않은 할머니는 숟가락으로 긁어 먹었다. 숟가락으로 긁을 때마다 튀던 그 싱그러운 물기. 물기가 퍼지면 어둑한 방안에 생기가 피어올랐다.

가을밭에 심은 무를 서리가 내리면 뽑아 집 안 곳곳에 갈무리하였다. 창고, 디딜방앗간, 부엌, 심지어 냉방 구석에도 무가 자리를 차지했다. 이듬해 봄에 먹을 건 땅에 구덩이를 파고 묻었다. 언 땅이 녹아 구덩이 속의 무를 꺼내면 무청을 자른 머리에 연녹색 모자를 쓰고 있었다. 그 필사적 생명력이 놀랍고도 신비로웠다.

예로부터 사람들은 무를 갖가지 찬거리로 이용했다. 크고 잘생긴 무를 골라 간수하고 나면 작고 못생긴 것만 남았다. 작고 못생겼다고 버리는 일은 없었다. 말끔하게 다듬고 씻어 된장과 고추장에 장아찌를 담갔다. 장아찌는 충실한 밑반찬 노릇도, 착실한 도시락 반찬 노릇도 했다. 지금은 식습관이 바뀌어 어디서도 장아찌를 맛보기가 어려워, 추억이 깃든 음식으로 내 마음 안에 담겨 있을 뿐이다.

그러고도 남은 무는 잘게 썰어서 말렸다. 호롱불 아래서 몰려오는 잠을 쫓아가며 무를 썰던 어머니의 모습이 눈에 선하다. 그렇게 썰어 말린 무말랭이는 햇무를 먹을 때까지 식구들의 미각을 다채롭게 살렸다.

어릴 때 들은 이야기가 어렴풋이 생각난다. 어느 양반의 부인이 반찬 솜씨라곤 도무지 없었다고 한다. 이 양반이 하루는 가난한 친구 집에 갔더니 무로 만든 반찬만 열한 가지더란다. 그 맛 또한 일품인지라 집에 와서 부인에게 넌지시 칭찬을 했다. '흥, 나라고 열한 가지 못 만들까봐…' 끙끙거리며 무 반찬을 열한 가지 만들어 내놓았으나 모양도 맛도 형편없었다. 무 한 가지만으로도 얼마든지 훌륭한 식탁을 차릴 수 있으며 무를 요리하는 재주에서 음식 솜씨가 판가름 난다 할 수 있을 법하다.

무는 다른 어떤 재료와도 잘 어울린다. 제 맛을 밖으로 드러내지 않고 숨어서 우려낸다. 냄비 바닥에 깔려 묵묵히 제 역할을 감당하는 것이다. 대구탕에서는 대구보다

시원한 국물 맛에 더 끌리게 하고, 고등어조림에서는 고등어보다 달큼한 무맛에 더 쏠리게 한다.

무를 먹고는 도저히 오리발을 내밀 수가 없다. 무를 먹고 나면 트림을 하기 일쑤다. 매캐한 맛과 트림에서 나는 냄새에 항암 효과가 있다고 한다. 무의 효소인 디아스타제는 소화를 돕고 위장을 튼튼하게 한다고 알려져 있다. 흔해서 겉으로는 대접받지 못하면서도 안으로는 알찬 무. 요즘 세상에 무와 같은 사람이 몇이나 될까?

오늘 저녁, 무로 반찬을 만들 생각이다. 달고 시원한 무맛이 벌써 입 안에 군침을 돋운다.

풀을 뽑으며

"내일 풀 뽑으러 갈래?"

지곡 언니의 전화였다.

"갈게요."

특별한 일이 없어 선뜻 응낙했다.

몇 해 전 정년퇴직한 형부가 시 외곽에 꽤 넓은 땅을 마련하여 농사를 짓기 시작했다.

밭에는 이랑마다 상치, 파, 양파, 마늘, 고추, 들깨, 참깨, 감자, 고구마, 땅콩 등을 심어 그야말로 밭작물의 전시장이다. 완두콩은 벌써 익어서 죄다 뽑아 쟁여 두었다. 밭에 들인 정성이 한눈에 환히 보였다.

우리는 참깨를 심은 이랑에 나란히 앉아 풀을 뽑기 시

작한다. 이제 막 세상에 고개를 내밀고 빛을 보기 시작한 참깨 순의 성장을 방해하는 주범은 바랭이다. 바랭이는 완전 제거의 대상인 악성 잡풀이다. 참깨는 조금만 가물어도 비실거리는데 비해 바랭이는 어지간한 가뭄에도 끄떡하지 않는다. 뿌리째 뽑혀 기진맥진하다가도 소나기 한줄금이면 되살아나 기세를 떨친다. 둘을 한데 두어서는 참깨 순은 오갈이 들 수밖에 없다.

바랭이는 어린 참깨에게는 생사여탈권을 쥔 폭군이다. 찬찬히 보면 줄기가 가늘면서도 질기고 잎은 창처럼 좁으면서 끝이 날카롭다. 만져보면 까슬까슬해 사람의 손을 거부한다. 땅에 납작 엎드려 줄기를 사방으로 벋어 쉽게 손에 잡히지도 않는다. 잎과 줄기를 싸잡아 힘껏 채면 뿌리는 뽑히지 않고 잎과 줄기만 뜯긴다. 갈큇발 같은 뿌리로 흙을 단단히 움키고 앙버티는 듯하다.

호미로 뿌리 주변 흙을 파가며 뽑아내야 한다. 바랭이보다 사람이 더 강하다는 것을 증명해 보이는 셈이다. 고랑에는 이미 제초제를 쳐놓아 누렇게 말라 죽은 풀의 시신이 즐비했다. 풀의 입장에서 보면 사람은 지독한 침략자임이 분명하다. 농기구로 뿌리째 뽑아 죽이고, 그것이

귀찮으면 독한 약을 쳐 죽이는 살생자이니.

바랭이에게 다른 잘못은 없다. 참깨를 기르려고 갈고 거름을 준 땅에 태어난 죄뿐이다. 그곳에서 생존을 위해 억척스레 버텼을 따름이다. 그런데 사람들은 참깨가 자라는 데 훼방을 놓았다는 죄목을 씌워 가차 없이 처형하는 것이다. 참깨나 바랭이나 풀이기는 마찬가지요, 풀이 흙에 뿌리를 내리고 사는 것은 당연한 일 아닌가. 어느 풀은 북돋우어 가꾸고, 어느 풀은 뽑아내야 하는 기준이 무엇일까? 만약 이 바랭이 열매가 참깨보다 맛과 영양이 더 있다면 어찌 되었을까? 엉뚱한 생각에 사로잡혀 있는데,

"풀 뽑아 본 적 있어?"

언니의 낮낮한 음성이 잡생각을 깨웠다.

"결혼 전 시골에 살 때 뽑아 봤어요."

"그럼 삼십 년 전이네."

일하는 품새가 무척 어설퍼 보인다는 언니의 말에 어색하게 웃는다. 오금이며 목덜미며, 등에 땀이 배어나 끈적거린다. 영락없는 농부의 딸인 나는 농사일이라면 누구에게도 뒤지지 않을 자신이 있다고 믿었다. 그러나 농

촌과 멀리 산 삼십 년 세월에 기력이 약해지고 생각도 변한 모양이다. 잠깐 허리를 펴고 선 눈앞에 아직도 참깨 이랑은 장강처럼 길어 보인다. 뽑아야 할 풀은 또 얼마일까.

손에 쥐고 있던 풀을 고랑에 던지면서 보니 바랭이 속에 참깨 순이 섞여 있다. 언니가 보면 뭐라 할까? 바랭이는 씨를 말리려고 깡그리 뽑아 버리면서 참깨 순은 실수로 뽑은 한두 줄기에도 잘못을 저지른 양 신경을 쓰는 내 모습은 또 무엇인가?

다시 고랑에 쪼그리고 앉아 바랭이를 뽑으며,

"언니, 바랭이 말고 다른 풀은 안 보이네요. 쇠비름도…."

"요즈음 쇠비름의 인기가 상종가야. 있다고 소문이 나면 어느새 다 캐 가버려. 쇠비름 엑기스가 만병통치약이라나."

나는 반색하며,

"바랭이도 인기가 치솟는 날이 오지 않을까요?

"별 소릴 다하네. 그래서 바랭이 대신 참깨 순을 뽑은 거니?"

언니의 은근한 꾸짖음에 웃음을 머금었다. 내 정수리를 비추던 한낮의 햇살이 붉은 빛 한 자락을 드리우고 지나간다.

땡볕 속에서 쪼그리고 앉아 풀을 뽑는 일은 생각보다 훨씬 고되다. 그러나 엉뚱한 생각에 사로잡히기도 하고, 언니와 이야기도 나누며 일을 하니 견딜 만하다.

오금이 쓰리고 등이 끈적이지만 부지런히 호미를 놀린다. 또 잘못 뽑힐 참깨 순이 몇일지는 모르지만.

쑥떡

　아파트 위층에 살고 있는 여중 적 친구의 목소리가 수화기를 통해 살갑다.

　"차 마시러 올래?"

　혼자 무료하던 차여서 곧장 친구 집 현관문을 두드렸다. 친구와 마주 앉아 삼십 년 세월을 넘나드는 이야기를 솔솔 풀어내고 있는데 초인종이 울린다. 떡 방앗간에서 온 배달이다. 남편을 따라서 낚시를 간 저수지 근처에 쑥이 지천으로 널려 있어 뜯어왔단다. 그 쑥을 삶아서 방앗간에 맡긴 거란다. 찹쌀을 넉넉하게 넣고 노란 콩고물을 입힌 떡을 입에 넣으니 진한 쑥 향이 입 안에 가득하다.

　내 어릴 적 봄은 쑥과 함께 밝아왔다. 쑥은 정월 보름

쥐불놀이로 그슬린, 언덕에서도 밭둑에서도 흙을 뚫고 쑥쑥 올라 왔다. 먹이를 달라고 뾰족이 내미는 제비 새끼의 여린 부리와 같이 깜찍하고 어여뻤다. 그 쑥을 뜯는 손길에는 어떤 불순한 싹도 끼어들 여지가 없었다.

봄빛이 짙어지면 쑥빛도 짙어졌다. 이른 봄에는 연한 쑥은 뜯어 쑥국을 끓여 쑥 향을 맛보았고, 쑥이 쇠지면 뜯어 모아 쑥떡을 했다.

떡을 할 때는 우선 쑥부터 삶아 물에 담가서 쓴맛을 우려내었다. 쑥을 건져 뭉쳐 놓고 디딜방아에 떡쌀을 빻았다. 빻은 떡가루에다 삶은 쑥을 합쳐 다시 찧었다. 쑥과 쌀가루가 고루 섞여 한 덩어리가 된 것을 솥에다 채반을 놓고 베보자기에 싸 쪘다. 어머니는 잘 익은 쑥떡 반죽을 두레상에 올려놓고 한 입에 먹기 좋은 크기와 모양으로 빚어 팥고물을 입혔다. 떡이 완성되기를 기다리던 식구들은 팥고물을 입히는 족족 집어 먹었다. 언제나 상머리에 늦게 와서 앉는 건 둘째 오빠였다. 떡이 몇 개 남지 않았을 때에도 불만스러워하지 않았다.

팥고물은 빨리 쉬는 흠이 있었다. 그래서인지 많이 하지 않고 한 번만 맛나게 먹는 데 양을 맞추었다. 온 식구가 안방에 모여 앉아 팥고물을 묻혀가며 먹던 그 쑥떡 맛을 생각하면 지금도 입 안에 침이 고인다.

어머니는 내가 쑥 뜯는 것을 별로 달가워하지 않았다. 마지못해 국을 끓이거나 떡을 했지만 맛있게 먹지도 않았다. 그런 어머니가 구름떡쑥을 뜯어 오면 은근히 반기는 눈치였다. 구름떡쑥을 넣어 만든 떡은 훨씬 쫀득하고 그윽한 맛이 났다. 어머니는 그 떡이라야 맛있는 쑥떡으로 쳤다.

어느 봄날, 내가 구름떡쑥을 뜯으러 간다고 하자 어머니도 따라나섰다. 여러 해가 지나도록 뒷산에 가기를 꺼리던 어머니였는데 그날은 무슨 마음에서였는지 몰랐다. 어머니와 함께 구름떡쑥이 많이 나는 마을 뒤 성주산 꼭대기로 향했다. 성주산 오르는 기슭에는 못 갖춘 무덤 한 기가 있었다. 그 무덤 옆을 지날 때 몰래 어머니 표정을 살폈다. 그때 들려오는 쑥국새 울음소리가 여느 때보다 구슬펐다.

몇 해 전 쑥빛이 한창 짙어갈 무렵이었다. 스무 살의 둘째 오빠가 살아가는 괴로움을 적은 편지 한 통을 남기고 몸을 감추었다. 온 동네를 샅샅이 뒤졌지만 종적이 묘연했다. 해 질 녘에야 뒷산에서 발견했을 때는 이미 숨이 멎어 있었다.

아무도 말해 주지 않았지만 나는 오빠가 묻힌 곳을 알고 있었다. 뒷산에 올라 풀이 나지 않은, 사다리*가 얹힌 봉분을 멀리서 바라보곤 했다.

둘째 오빠는 나와 어머니가 곁을 지나가는 것을 느끼고 있었을까? 초라한 무덤기에는 오빠의 못다 이룬 꿈인 양 자줏빛 제비꽃 한 무더기가 피어 있었다.

어머니는 성주산에서 뜯어 온 구름떡쑥을 넣어 서둘러 떡을 했다. 어머니가 빚은 쑥떡을 먹던 나는 문득 산기슭에 외로이 있는 둘째 오빠도 함께 먹고 있다는 생각이 스쳐 자리에서 물러나 버렸다.

다른 때는 한자리에서 다 먹어 치우던 쑥떡이 그날은 조금 남았다. 이튿날 보니, 남은 쑥떡은 작은 쟁반에 담겨 성주산이 보이는 뒤꼍 장독 위에 놓여 있었다.

또 어느새 봄은 저만치 달아나고 있다. 지금은 성주산에 올라 구름떡쑥을 뜯는 일도, 쑥떡을 하는 일도 엄두를 내지 못한다. 세월에 빛바랜 흑백 필름 한 장이 쑥떡의 아련한 맛에 도르르 감긴다.

* 사다리 – 결혼하지 않은 사람을 묻기 위한 운송의 도구로 쓰고 난 뒤 봉분 위에 얹어 둔 것임.

은행

내가 사는 아파트 주변 가로에는 은행나무가 죽 늘어서 있다. 이맘때면 노란 은행이 보도에 숱하게 떨어져 있는 것을 보아왔다.

현기증이 일어 병원에서 검진을 받았다는 딸아이와 통화하는 중에 은행이 혈액순환 촉진에 좋다는 말을 들었다. 망설이지 않고 은행 습득 작전에 나섰다.

면장갑과 비닐봉지를 챙겨 들고 은행나무 길로 갔다. 오가며 보았던 것과는 달리 은행은 별로 떨어져 있지 않았다. 차도에 굴러 떨어진 은행 몇 알을 주우려고 교통신호가 바뀌어 지나는 차량이 멈추기를 기다리기도 했다. 그러는 내가 끼니를 잇기 위해 폐지나 고철을 주우려고 구석진 데를 살피는 사람 같기도 하고, 주전부리를 구하기 위해 살구나무나 감나무 밑을 뒤지던 어린 시절의 내 모습 같기도 했다.

가로수 아래에는 잔디가 깔려 있었다. 잔디에 숨어 있는 은행을 보물찾기라도 하는 듯이 찾고 있을 때 건장한 남자가 내 곁을 지나갔다. 경쾌한 등산복 차림이었다. 개의치 않고 보물찾기에 열중하고 있는데 앞쪽에서 '탁' 소리가 났다. 무슨 소린가 싶어 눈을 들어 앞을 바라보았다. 저만큼 멀어져 간 남자가 돌아서서 내 쪽을 보고 서 있었다. 나와 눈길이 마주치자 손짓으로 은행나무 밑을 가리키고는 돌아섰다. 손으로 가리킨 곳에는 노란 은행알이 질번하게 떨어져 있었다.

알았다는 고개를 꾸벅하고 걸음을 빨리했다. 생전 모르는 사람이 은행을 줍는 나를 위해 호의를 베풀어 준 것이다. 발길질당했을 은행나무에게는 아주 미안한 노릇이었지만 나로서는 매우 고마웠다. 그 마음 헤아린다는 듯 은행잎 한 장이 내 어깨를 살며시 치고 땅에 내려앉았다.

태풍이 불다 그친 다음날 아침이었다. 창밖을 보니 먹장구름이 떠다니며 태양을 희롱하고 있었다. 문득 어젯

밤 비바람에 은행이 많이 떨어졌을 거라는 생각에 서둘러 밖으로 나갔다. 그러나 은행나무 밑은 말끔하게 청소되어 있었다. 맥이 풀려 돌아오면서 보니 은행나무 밑동에 환경미화원이 쓰는 공공용 쓰레기봉투가 기대어 있었다. 그 공공용 쓰레기봉투 속에 은행 두어 알이 눈에 띄었다. 손으로 헤집으니 은행잎 석건 셀 수 없이 많은 은행이 담겨 있는 게 아닌가. 뜻밖에 쓰레기를 뒤지는 넝마주이가 되고 말았지만 입가에는 미소를 머금었다.

은행은 줍는 데서 끝나지 않았다. 껍질을 벗기는 일이 만만찮았다. 우선 모양이 둥글고 작아 손쉽지 않았다. 처음에는 한 알 한 알 주울 때마다 씨껍질을 벗겨서 봉지에 넣었지만 그게 수월치 않아 껍질째 봉투에 담았다.

아파트 화단 옆 수돗가에서 고무대야에 은행을 붓고 손으로 껍질을 벗기기 시작했다. 말랑하게 손에 닿는 감촉이 미묘했다. 보드레한 아이의 옷을 벗기고 살을 만지는 기분이 그럴까. 겉옷을 벗겨내면 매끄러우면서도 단단하고 하얀 속살이 드러났다.

경비 아저씨가 지나다가 말을 붙였다.

"은행 어디서 주웠어요?"

"요 근방에서요."

"한 되가 넘겠네요."

"좀 드릴까요?

"아니요, 주워서 씻느라 힘든데."

"…."

"은행은 냄새가 고약하고 독성까지 있어서…."

혼잣말처럼 뇌며 경비실 쪽으로 걸음을 옮겼다.

은행을 맨살로 접촉하면 위험하다는 걸 하루가 지나서야 알았다. 자신을 보호해 주는 옷을 벗긴 데 대한 보복이었는지, 내 손바닥 껍질을 마구 벗겨 멋대로 지도를 그려 놓았다. 은행의 노란색 외피는 악취를 풍기는 독성 물질이 있어 피부에 닿으면 피부염을 일으킨다는 사실을 모른 결과였다.

악취의 원인은 은행나무의 씨앗을 동물이나 곤충으로부터 보호하기 위해서라고 한다. 나는 은행을 줍고 껍질을 벗기고 씻으면서 냄새와도 정들어 버렸는지 그 일들이 그다지 싫지 않았다. 나무껍질처럼 벗겨진 손바닥을 보면서도 오히려 기특하고 친근한 느낌이었다.

깨끗이 씻은 은행을 소쿠리에 담아 볕 잘 드는 거실에

널어놓고 말렸다. 청명한 햇살을 받아 유난히 반들거렸
다. 양면으로 나뉘어 갸름하고 동그랗게 빚어진 모양이
대부분이고, 어쩌다가 세 면을 이룬 모양도 있다. 밤하늘
에 흩어져 빛나던 별들이 소쿠리에 모여들어 도란도란
속삭였다. 별들은 내 마음에서도 소곤소곤 속닥였다. 별
일 없을 거라고. 다 괜찮아질 거라고.

요 며칠 동안 나는 은행만 주운 것이 아니었다. 덤으로
주운 소득이 쏠쏠했다. 이번 주말에 딸아이가 온다는 연
락이다. 반듯하게 생긴 놈으로 골라 손에 들려 보내야겠
다.

열어 놓은 창문 사이로 들어온 한 줄기 바람이 거칠어
진 내 손을 감싼다.

제2부

찐빵
없습니다

시장에 가면

　시장에 가면 만나는 사람들이 있다. 가까운 이웃이나 다름없는 친숙한 얼굴들이다. 길가에 좌판을 벌이고 일렬횡대로 앉아 있는 아줌마들.

　뒤집어 놓은 상자 위 소쿠리에는 상추, 오이, 깻잎, 당근, 미나리, 양파, 생강, 무, 배추가 오밀조밀 진열돼 있다. 그들은 싱싱함에서 결코 뒤지지 않으려는 듯 저마다 제 빛을 한껏 뿜어낸다. 엉덩이만 겨우 걸칠 수 있는 의자에 앉아 엉클어진 부추를 다듬는 아줌마 앞에서,

　"상추 좀 주세요."

　나 말고도 채소를 사려는 사람이 두셋 더 있다. 상추를 담으려고 봉지를 꺼내며 여태 점심을 못 먹었다고 한다.

해가 서쪽으로 서너 자나 기울었는데도.

"돈이 잘 벌리나 보네요."

"오늘은 돈 벌고 내일은 돈 쓰러 간다. 친정 엄마 제사
에…."

고향 어머니를 향한 그리움이 야위고 그은 양볼에 발
그레 피어난다. 천 원어치만 달라고 했는데 자꾸만 더 담
는다.

"너무 많이 주는 거 아녜요?"

내 말에 뒤에서 기다리던 이가,

"많이 줄수록 좋지, 뭐 그러노?"

아줌마는 비닐봉지를 내게 건네며,

"그런 말 마소!"

그 음성의 여운이 길게 꼬리를 물고 가슴에 다가온다.

바로 옆에도 내 단골인 채소 파는 아줌마가 있다. 시골
에서 직접 가꾼 신선한 야채를 펼쳐 놓았다. 파 천 원어
치를 산다. 파를 담아주고 자리에서 일어나 감이 담긴 박
스로 가더니 감 예닐곱 개를 파봉지에 넣어 준다.

"우리 집 감나무에서 딴 건데 약을 안 쳐서 꼬라지는
이래도 맛은 있다."고 하면서.

육친 같은 정이 밀려든다. 감을 하나 꺼내 본다. 감치고는 극히 꾀죄죄한 행색이다. 그렇지만 그 어떤 품질 좋은 감보다 달콤한 감촉으로 침샘을 자극한다.

그 길을 따라 죽 내려가면 아줌마 둘이서 회를 쳐 파는 가게가 있다. 고무대야 두 개에 살아서 꼬리치는 도다리와 전어가 전부다. '가을 전어 굽는 냄새에 집 나간 며느리도 돌아온다.' 했다던가. 식구가 일찍 귀가하기를 바라 전어 1킬로를 주문한다. 눈길을 떼지 않고 회 치는 양을 바라본다. 얇은 고무장갑을 끼고 한 점 실수 없이 잘도 썬다.

"어쩜 그리 칼을 잘 다루세요? 나는 고무장갑을 끼고 김치를 썰다가 고무장갑까지 썰어 버렸는데…."

힐끔 나를 돌아보고 웃으며,

"우리하고 같나? 우린 자고 일어나면 이 짓인데."

그 차이였다. 하루하루 꾸준하다면 도낻란 놈이 안 트이고 배길 수가 있으랴.

이번에는 콩나물 파는 아줌마다. 집에서 손수 기른 콩나물을 동이에 담은 채 판다. 적당한 길이에 머리부터 뿌리까지 매끈한 것이 살도 오동통하게 올랐다.

"요새 콩나물이 잘 자라나 봐요."

"날씨가 따뜻해서기도 하지만, 다 정성이지."

'정성'이라는 말이 예사롭지 않게 내 귀에 와 머문다. 정성 없이 되는 일이 어디 있던가. 아무리 조건이 좋다 해도 정성 들이지 않고 어떻게 실한 콩나물을 얻을 수 있을까. 여러 날 정성을 쏟은 콩나물을 받아들고 나도 '정성'이라는 화두話頭를 붙잡는다.

마지막으로 가지를 팔고 있는 아줌마다. 가지나물은 남편이 좋아한다. 튼실한 자줏빛 가지 너덧 개를 골라 값을 치르고 나니 깻잎이 눈에 들어온다. 깻잎 한 묶음을 달래서 값을 치르려는데 가지 값을 받지 않았다고 한다. 허리에 두른 앞치마 주머니에서 천 원짜리 지폐 두 장을 꺼내 보이면서도 다른 돈이라는데 증명할 방법이 없다. 옥신각신하다 가지도 깻잎도 놓아두기로 한다. 이미 계산한 물건 값을 다시 내고 싶지는 않다. 쓰디쓴 생가지를 씹은 기분으로 걷다 보니 마침내 시장 골목 끝이다.

시장에 가면 다양한 물건들만 있는 것이 아니다. 다채롭게 살아가는 사람들의 이야기가 있다. 온갖 삶의 이야기들이 생산, 진열, 판매된다. 사람들 사이에 오가는 푸짐한 덤이 있고, 푸근한 정이 있다. 시장 바닥에서 도를 터득하는가 하면 공안公案을 구하기도 한다.

시장도 사람이 부대끼는 곳이라 항상 좋을 수만은 없다. 어이없는 오해나 마찰이 빚어지기도 한다. 악의에 의해서가 아니라 착오로 인해서라면 속히 풀어버려야 한다. 내일이라도 시장에 가면 가지를 파는 좌판을 먼저 찾으리라. 좌판 위의 가지 빛깔이 햇살을 받아서 더욱 먹음직스러울 것이다.

품앗이

오월 초순이었다. 덕동문화마을에 거주하는 친구 집에서 여고 동창 모임을 가졌다. 이른 저녁 식사를 마치고 마을 길을 산책했다. 길옆에 노랑나비가 무리 지어 앉은 것 같은 야생화가 우리들 눈길을 끌었다. 꽃 이름이 입안에 뱅뱅 돌면서도 입 밖으로 나오지 않았다. 그때 텃밭에 있던 아주머니가 우리들 시야에 들어왔다. 한 친구가 나서서 물었다.

"이 꽃 이름이 뭐예요?"

아주머니가 고개를 들어 건너다보았다.

"애기똥풀."

그 정겨운 이름이 왜 기억나지 않았을까. 똥은 대개 더럽게 여겨지지만 아기의 똥은 예외다. 아기 똥의 연하고 순한 느낌이 손바닥에 전해 오는 듯하다. '규방연구소'를 차린 친구는 염색을 하면 고운 색이 나온다며 줄기와 꽃을 채취하였다. 그러는 사이 나는 혼자 채마밭을 매고 있던 아낙네에게서 시선을 떼지 못했다. 이내, 홀로 이랑 긴 밭을 매던 어머니의 모습이 떠올랐다.

내가 아기일 때, 부드러운 똥을 씻기던 손으로 거친 땅을 일구던 어머니! 어머니는 주로 혼자 밭을 맸다. '뱁새가 황새 따라가면 가랑이 찢어진다.'는 속담을 자주 들려주곤 했다. 작은 것에 만족하기를 바라고 지나친 욕심을 경계했다. 당신부터 분수에 맞지 않으면 거들떠보는 법이 없었다. 집 안팎의 일도 여럿이서 후딱 해치우려 하기보다는 혼자서 힘닿는 대로 추려 나갔다. 매일 쉴 짬 없이 밭이나 들로 나가 농작물을 돌보느라 바쁜 하루해를 보냈다. 남의 일을 하러 나설 틈도 나지 않았고, 내 일을 남에게 맡길 생각도 하지 않았다. 그런 어머니도 남의 일손을 필요로 하는 적이 있었다.

어머니 혼자서 감당하니 일의 진척이 느릴 수밖에 없

었다. 계획한 대로 진행되기도 했지만 차질이 생겨 기한 내에 마무리하지 못하는 수도 있었다. 갑자기 풀이 무성해져 시일을 늦추면 안 될 때라든가, 다른 큰일이 생겨 당분간 논밭 걸음을 할 수 없을 때라든가, 장마가 닥친다는 예보가 있을 때는 김매기를 매듭지어 놓아야만 안심할 수가 있었다. 더 지체하다가는 수확을 보장받을 수 없을 때 품앗이를 구했다. 절박한 상황에서 풀어 나갈 수 있는 특단의 해결책이 품앗이였다.

품앗이할 일꾼은 정해져 있는 편이었다. 한가한 날이면 서로의 집을 오가며 정담을 나누던 신촌댁, 어머니와 재종동서지간인 대전댁, 현실댁이 부담 없이 청할 수 있는 품앗이꾼이었다. 일거리가 없는 한겨울이나 비오는 날 등 한담을 나누던 장소가 안방에서 밭으로 자리를 이동했을 뿐이었다.

어머니와 품앗이를 하는 아주머니들은 공통점이 있었다. 일찍이 또는 근년에 혼자된 중년들이었다. 밭머리에서 도란도란 풀어놓는 이야기 중에는 바깥양반과 함께 살던 시절의 그리움이나 한탄도 섞여 있지 않았을까 싶다. 일을 급하게 서두르지도 않고, 땅임자의 눈치를 살피지도 않으며, 이야기 자락을 늘어놓았다. 엉금엉금 기는 거북이처럼, 혹은 성큼성큼 걷는 소처럼 호미를 놀이기구 삼아 밭이랑과 밭고랑을 놀이터 삼아 풀매기를 했다. 자연 속에서 땀과 인정이 어우러진 정경이었다. 이제는 사람도 가고 자연도 허물어졌으니 고향에 가도 다시 볼 수 없는 풍속도가 되어 버렸다.

어머니는 쉴 날 없이 일을 했지만 돈이 되어 돌아오지 않았다. 그런데, 땅 한 떼기 없는 윗집 귀순이 엄마는 매일같이 품팔이를 해 받은 품삯을 꼬박꼬박 모아 목돈을 만들었다. 모은 돈을 동네 사람들에게 빌려 주고 이자를 불리며 살았다. 어머니는 땅이 없어서 남의 일만 하러 다니는 귀순이 엄마보다 더 고되게 일을 하고도 매번 귀순이 엄마에게 우리들 학비를 빌렸다.

어머니는 사시사철 일해도 돈이 되지 않는 내 집 일을 한 치 흔들림 없이 해 나갔다. 많지 않은 논밭을 혼잣손으로 근근이 일구며 굴곡진 세월을 헤쳐 나가던 어머니, 품앗이는 할지언정 품팔이는 하지 않았다. 혼자 일에 묻혀 사는 고단한 삶에서 어쩌다 한 번씩 활용하는 품앗이가 꽉 막힌 숨을 틔울 수 있는 숨구멍이었다.

작은 항구도시에 사는 나는 가꿀 땅이 한 조각도 없다. 그러니 호락질할 것도 품앗이할 일도 없다. 그렇다고 품팔이를 하는 것도 아니다. 잠시의 여유 없이 그날이 그날 같은 세월에 허덕이며 살고 있다.

　채소밭을 매던 아주머니가 호미에 묻은 흙을 털고 일어선다. 근처의 고택에서 차 한 잔 마시고 가라며 우리를 이끈다. 흙 묻은 옷을 입은 아낙의 모습이 오월의 햇살처럼 밝다. 햇볕에 그은 얼굴에 서녘 노을빛이 묻든다.

향기에 잠기다

　거실 한쪽 벽에 걸린 액자를 바라본다. 화선지의 양쪽 가에 어긋나게 그려놓은 난초 무더기가 청초하다. 금방이라도 날아오를 듯 날개 편 잎, 숫제 창공을 향해 아슬하게 머리 내민 잎, 오르다가 부드럽게 허리를 구부린 잎, 뒤처져 무릎을 꺾어 늘어져 버린 잎. 잎들 사이로 살며시 보이는 꽃은 고결하고 청아하다.

　꽃이 떨어져 버린 빈 꽃대도 있다. 빈 꽃대 위에는 쓸쓸함이 맺혀 있다. 쓸쓸함에도 향기가 숨어 있다는 사실을 새롭게 발견한다. 난초는 깎아지른 벼랑에 뿌리를 내렸다. 그래서일까, 은은하고 고아한 풍취를 자아낸다. 숨을 모아서 들이마셔 본다. 코끝에 먹의 향기인지, 난초 향기인지 모를 향기가 와 닿는다. 향기를 좇아 먼 데 눈길을 보낸다. 내 눈길이 멎는 곳에 삼십 년 전 백률사栢栗寺 정경이 우련하다.

시골에서 한가롭게 지내고 있을 때였다. 막 불교에 눈뜰 무렵, 이차돈異次頓의 목을 베자 잘린 목이 하늘로 솟구쳐 올랐다가 떨어진 자리에 세웠다는 백률사를 찾아가 보고 싶었다.

혼자 길을 나섰다. 겨울의 끝자락이었다. 봄을 맞을 채비를 하느라 산골짜기가 한창 기지개를 켜는 시각, 햇살도 포근히 속닥이던 날이었다. 대숲 사이로 난 오솔길을 지나자 길게 뻗어 올라간 돌계단이 나타났다. 가파른 계단을 오르면서도 숨찬 줄을 몰랐다.

작고 조용한 절이, 숨어 있던 아이처럼 눈앞에 나타났다. 백팔나한百八羅漢과 삼존불三尊佛이 동거하는 대웅전, 바위에 새긴 석탑과 그 아래 부처님께서 도리천에 올라갔다 돌아와 법당에 들어갈 때 밟았다는 발자국을 살폈다. 한참 머물러 있다가 발길을 돌리려는 참이었다. 건너편 선방 문이 열리며, 차 한 잔 하고 쉬었다 가라는 스님의 음성이 나를 붙들었다.

활짝 열어젖힌 방문 안으로 들어서자 나를 반긴 건 묵향墨香이었다. 스님은 벼루에 먹을 갈아 난을 치던 중이었다. 어떻게 밖에 내가 와 있는 걸 알고 문을 열어 불렀을까. 이 또한 삼생 인연의 한 획일까?

차를 마시고 나자 가만히 있기도 멋쩍어 먹을 갈기 시작했다. 곧은 자세로 앉아 화선지에 난을 치는 스님의 붓끝을 슬쩍슬쩍 곁눈질하면서 쉼 없이 먹을 갈았다. 나중에는 팔이 뻐근했으나 팔 아픈 내색을 할 수가 없었다.

그러다 점심때가 되었다. 스님이 떡라면을 삶아 먹자고 하며 떡과 라면을 꺼내 놓았다. 나는 공양간供養間에 나가 아궁이에 장작불을 지펴 떡라면을 끓였다. 활활 타오르는 불길이 내 마음에서도 피어올랐다. 점심을 먹는 동안의 즐거움은 특별했다. 스님은 떡라면 맛이 일품이라며 흡족해했다. 비록 떡라면 한 그릇이지만 그 음식을 먹기까지의 고마움을 향기롭게 표현한 것이리라.

설거지를 하고 나서 선방에 들어오니 스님은 다시 난을 치고 있었다. 나도 곁에 앉아 또 먹을 갈았다. 화선지에서 묵향과 난향이 풍기기를 얼마 동안, 집으로 돌아오기 위해 자리에서 일어섰다. 스님은 난 한 폭을 건네며 먹을 갈아 준 보답이라고 했다. 방금 붓이 지나간 향기가 오롯이 전해왔다. 한 획 한 획에 들인 정성을 놓치지 않고 눈여겨보았기에 더없이 값진 선물이었다. 버스를 타고 귀가하는 내내 손에 쥔 묵향과 난향에 잠겨 있었다.

며칠 후 표구를 해와 내 방에 걸어 두고 지냈다. 결혼해서도 시골집에 남겨두지 않고 데려 오는 걸 잊지 않았다. 이사할 때마다 잊지 않고 챙겼다. 동고동락한 지 삼십 년. 강산이 세 번 바뀌었어도 싫증 한번 나지 않았다.

점잖으면서 쾌활하고, 온화하면서 호방하고, 무심하면서 사려 깊던 스님을 다시 찾아가 보리라 다짐했지만 미루고 미루다가 오늘에 이르렀다. 더 잇지 못한 인연의 옷깃, 호젓한 산사에 그윽하던 그날의 향기가 그리워진다.

액자에 쓰인 글귀를 따라가며 내 마음대로 음미해 본다.

深谷香風芝葉蘭
雲根科倚碧琅玕
깊은 골 향기로운 바람 난초 잎에서 이는데,
구름 뿌리 무성히 푸른 옥돌 계곡에 내렸네.

심산에 숨어 있는 작은 산사의 전경이 떠오른다. 스님은 내게 드러나지 않는 향기를 품고 살아가라 설법을 내린 듯하다. 그동안 겉보기로 떠돌며 살아온 세월이 부끄럽게 다가온다.

화제 끝에 '南牧'이라는 낙관이 찍혀 있다. 남목 스님이 지금도 살아 계실까? 살아 계신다 해도 운수납자雲水衲子이니 백률사에 그대로 머물러 있지는 않았을 테지. 행여 소식이 닿는다면 노스님 장삼 소매의 묵향을 다시금 맡고 싶다. 겨울이 물러갈 즈음 떡라면을 앞에 놓아도 좋으리라. 맑은 구름이 흘러가고 깊은 골짜기에서 난초 향기가 불어온다면 한층 입맛을 돋우리라.

동전

치킨 배달을 주문했다. 가격이 21,000원이었다. 지갑을 열어 보니 천 원짜리 지폐가 없었다. 아, 그렇지. 동전이 있었구나. 빨간색이 주조를 이루고 있는 앙증맞은 동전 주머니를 찾았다. 주머니의 지퍼를 열고 동전을 꺼내 100원짜리 열 개를 세어 준비해 놓았다. 100원짜리 동전 하나를 집어 든다. 엄지와 검지 끝마디로 잡으니 동전의 온몸이 가릴 듯 말 듯하다.

어릴 때, 동전이면 안 되는 거래가 별로 없었다. 학교 뒤 문방구의 학용품, 옥천댁 점방의 과자, 건넛집 귀순이 엄마가 만들어 파는 두부 한두 모도 동전이면 거뜬히 살 수 있었다. 가까운 거리의 기차표나 버스비도 동전이면 충분하였다. 시골에 살면서 타지他地 친구에게 보내는 편지의 우표도 동전으로 사서 붙일 수 있었고, 공중전화를 걸 때는 반드시 동전이 필요했다.

그렇게 애용되던 동전이 요즘은 찬밥 신세다. 나부터 외출할 때 지갑에 아예 동전을 넣고 다니지 않는다. 사람만 배가 불러서 보기 싫고 거동이 불편한 게 아니다. 지갑도 올챙이처럼 불룩하면 손에 들고 다니기가 무겁고 거북살스럽다. 그래도 동전의 쓰임새가 잦다면 가지고 다닐 텐데, 쓰이지조차 않으니 퇴출당한 건 당연하다.

지금은 파, 마늘, 콩나물 값도 이삼천 원 지폐라야 구매가 가능하다. 그래서 마트나 시장에서도 100원짜리 동전을 사용할 일이 거의 없다. 신용카드로 결제가 편리해진 데다 현금으로 계산을 하더라도 만원이나 천원 단위이지 100원, 50원, 10원일 경우는 드물다.

동전을 만져보다가 어린 날의 한 장면 속으로 빠져든다. 몇 살 때였는지 감감하다. 어느 날 작은오빠가 작은방 찬장에 넣어 둔 동전 50원이 없어졌다며 소란을 피웠다. 집에는 언니와 남동생도 있었다. 모두 동전을 가져가지 않았다고 했다. 나도 가져간 사실이 없었다. 그런데 엄마가 이상했다. 안 가져갔다는 다른 형제의 말은 믿고 내 말은 믿지 않았다. 나를 동전을 가져간 범인으로 단정해버렸다.

작은방 옆 마당으로 불려 나갔다. 엄마는 전에 못 보던 격앙된 모습으로 회초리를 거머쥐었다. 바른말 하라며 종아리와 엉덩이를 때리는 것이었다. 회초리에 점점 힘이 가해지고 점차 아픔이 심해졌다. 계속 안 가져갔다고 하다가는 매질이 그칠 것 같지 않았다. 더 맞지 않으려면 거짓 실토를 하고 다시 안 그러겠다며 용서를 빌 수밖에 없었다. 그러자 회초리를 던져버리고 엄마는 부엌으로 가버렸다. 엄마는 그 전에도 그 후에도 나를 때린 일이 없다. 내가 맞았던 단 한 번의 기억이다.

자식들의 잘못이나 투정을 여유롭게 받아주고 참아내기만 하던 엄마가 그때는 왜 그리 화를 냈을까? 성깔 있는 작은오빠를 막음하기 위해서 그랬을까? 아니면 또 다른 무슨 이유가 있었을까? 아무튼 그만때 동전 50원의 위력은 대단했다.

오십여 년이 지난 지금 무덤 속의 엄마도, 다른 형제도 잊고 말았을 테지만, 나의 마음 한 자락에는 아직도 머물러 있다. 그 작은 방, 그 낡은 찬장, 그 싸리나무 회초리, 황황히 부엌으로 몸을 감추던 엄마… 부엌 아궁이에서 새어 나오던 연기 냄새처럼 매캐하고 아련한 빛으로 남아 있다.

동전의 효용 가치는 아직도 스러지지 않았다. 공중전화는 동전을 먹으려고 항상 입을 한 일자(一)나 뚫을 곤자(ㅣ)로 벌리고 있고, 커피 자판기도 동전을 삼키려고 항용 대기 상태다. 버려지다시피 동전주머니에 갇혀 있다가도 때에 따라서는 요긴한 힘을 발휘한다. 지갑에 버젓이 자리를 잡고 수시로 들락거리며 사용하는 지폐보다 오히려 적절할 때 깜짝 쓰이는 동전의 값어치가 야구의 적시타처럼 더 귀할는지도 모른다.

내가 가진 이 동전 지갑은 오래전 지인이 외국여행을 하고 돌아와 선물로 하나씩 나누어 준 것이다. 받아도 부담이 적은, 작은 지갑이다. 지갑 속에는 동전이 꽤 묵직하게 들어 있다. 모이기만 하고 쓰일 기회를 만나지 못한 동전들이다. 동전을 만지작만지작하다 보니 수표나 지폐를 넣어 다니는 장지갑 못지않게 동전 지갑이 소중하게 느껴진다.

인터폰이 울린다. 치킨 배달이 도착했나 보다. 준비해 놓은 동전과 지폐를 챙겨 들고 바삐 현관으로 향한다.

찐빵 없습니다

G읍에 맛있다고 소문난 찐빵집이 있습니다. '50년 전통 G읍 찐빵 CK분식'이라는 입간판을 출입문 앞에 세운 초라한 가게입니다.

낡은 유리창 미닫이문을 드르륵 열면 열 평쯤 될까 말까한 공간입니다. 벽에 바른 빛바랜 꽃무늬 벽지 때문일까요. 첫 인상은 옛집 안방에 들어선 느낌입니다. 가게에 들어서면 바로 통로로 이어집니다. 통로 오른편에는 식탁 두 개가 세로로 배치되어 있고, 왼편에는 식탁 두 개가 가로로 배치되어 있습니다. 우리는 비어 있는 왼편 안쪽의 식탁에 가 앉습니다.

주문을 받기도 하고, 음식을 나르기도 하는 주인아저

씨는 찐빵과는 영 어울리지 않는 타입입니다. 희끗한 머리, 퀭한 눈, 강마른 몸피, 얼핏 나무젓가락 인형을 닮았다는 생각이 들 정도입니다. 그러나 몸놀림은 의젓하고 강단이 있어 보입니다.

우리는 조금 전에 점심을 먹은 터라 단팥죽 삼 인분과 찐빵 칠천 원어치를 주문합니다. 맛있기로 소문났다는 찐빵을 세 사람이 하나씩만 맛보고 나머지는 나누어 가족에게 맛보이려는 속셈에서입니다.

"단팥죽 먼저 드릴까요?"

주인 아저씨의 목소리에는 차분하면서도 거역할 수 없는 힘이 실려 있습니다.

"네."

단팥죽은 얼마 기다리지 않아 나옵니다. 조그마한 공기에 검붉은 죽이 반가량 담겨 있습니다. 한 숟가락 떠 입에 넣자 보드랍고 다디단 액체가 입안에서 사르르 녹습니다. 새알심이 없어 씹을 것도 없이 목구멍을 타고 내립니다.

우리가 단팥죽을 먹는 동안, 손님들이 끊이지 않고 드나듭니다.

"찐빵 있습니까?"

"찐빵 없습니다."

주인의 대답 한마디에 잠시 머뭇거리던 손님은 발길을 되돌립니다.

주인아저씨는 단팥죽이나 국수를 먹고 있거나 기다리는 식탁에 찐빵 한 접시씩을 가져다 놓습니다. 가져다 놓고는 말없이 돌아섭니다. 잠시 후 우리 식탁에도 방금 솥에서 꺼낸 찐빵을 갖다 놓습니다. 주문한 양에 훨씬 못 미치는 여섯 개입니다. 돌아서 가는 주인아저씨의 뒷모습이 꼿꼿해 보입니다.

찐빵의 크기래야 아기의 꼭 쥔 주먹만 합니다. 남아 있던 단팥죽에 찍어 먹습니다. 부드러운 빵이 단맛과 어우러져 혀에 살살 감깁니다. 이내 다 먹어 치우고 나머지 찐빵이 나오기를 기다렸지만 주인아저씨는 우리 쪽에 눈길도 주지 않습니다. 잇달아 찐빵 찾는 사람들을 "찐빵 없습니다." 침착한 목소리로 되돌려 보내고 있습니다. 가족에게 가져다주려던 마음을 접고 일어섭니다. 찐빵을 사려다가 돌아서는 사람들 뒤를 따라 가게를 나섭니다.

참 이상한 일입니다. 찐빵을 사러 줄을 잇는 손님들을 미련 없이 돌려보내다니요. 보다 많이 빵을 준비해 몰려오는 손님들이 주문하는 대로 팔면 높은 매상을 올릴 텐데 말입니다. P읍 재래시장 안 허름한 돼지국밥 집에서는 소문을 듣고 몰려오는 손님들을 놓치지 않으려고 시장 바닥에 멍석을 깔았던데….

국수나 단팥죽과 함께 주문한 손님에게는 어김없이 찐빵이 있었습니다. 50년 전통의 국수, 단팥죽, 찐빵 중 어느 하나에 치중하는 걸 경계하는 'CK분식'의 판매 전략이었을까요. 그래서 가게에 들어와 선 채로 찐빵 있느냐고 묻는 사람에게는 녹음한 테이프를 틀 듯 "찐빵 없습니다."를 되풀이했던 건 아니었을까요.

'50년 전통 CK분식'의 메뉴는 아주 단출했습니다. 국수, 단팥죽, 찐빵. 가격도 매우 저렴했습니다. 국수와 단팥죽은 한 그릇에 2,000원, 찐빵 3개에 1,000원입니다. 언제 적 메뉴와 가격인지 묻고 싶을 정도입니다. 오랜 세월 동안 사람들이 좋아하는 맛을 고수하면서 파는 양을 일정하게 하고 가격도 함부로 올리지 않는 뚝심. 진득이 앉아서 기다리며 여유를 즐길 줄 아는 자에게만 주어지는 진미. 우리가 잠깐 머무는 동안에도 계속되던 주인아저씨의 담담한 "찐빵 없습니다."가 오히려 찾는 발길을 연잇게 한 건 아닌지 생각해 봅니다.

P읍 재래시장 안 돼지국밥 집 주인아줌마는 나중에 시내 한복판에 현대식 이층 점포를 지었다고 합니다. 그러나 피둥피둥 살진 몸으로 손님에게 쫓기는 듯하던 아줌마의 종종걸음이 마음을 어지럽힙니다. 급하게 서두르는 사람이나 한꺼번에 많은 것을 얻으려는 사람에게 'CK분식'의 그 맛있는 찐빵은 없는 게 맞습니다.

흠

창작 포럼을 마치고 나서였다. 좀 떨어진 수강자에게 말을 건네려는 찰나, 쨍강 파열음이 났다. 나도 모르게 몸이 약간 기울어 컵을 건드린 모양이었다. 책상 모서리에 놓여 있던 컵이 바닥에 떨어져 조각이 났다. 발개진 얼굴로 컵 조각을 주워서 쓰레기통에 버렸다.

깨뜨린 컵을 갈음해 하나 사다 놓으리라 마음먹었다. 그런데 컵의 모양이나 재질을 정확히 기억할 수가 없었다. 손잡이가 있었는지조차 어렴풋했다. 이럴 줄 알았으면 깨진 컵을 자세히 보아 둘 걸. 무늬가 없는 흰색이었다는 기억만은 분명했다.

평소 다니는 시장에 가서 그릇가게를 찾았다. 단 한 곳

뿐이었다. 어두침침한 가게에 들어서서 고개를 빙 돌리다가 컵에 눈길을 멈췄다. 진열된 컵이라곤 네댓 개밖에 없었다. 내가 찾는 컵과는 영 달라 보였다. 안쪽에 딸린 방에 늙수그레한 여주인이 지켜보고 있었지만 이내 돌아서 나오고 말았다.

한 주 뒤 포럼이 있는 날이었다. 이 도시에서 가장 오래되고 큰 전통시장에 갔다. 그릇상회에 들러 둘러보다가 주인에게 물어보면 내가 찾는 흰색 컵은 없다는 대답이었다. 그러기를 대여섯 번 만에 손잡이가 없는 흰색 컵 하나를 골랐다. 이 정도면 되겠다 싶어 주인에게 가격을 물어 계산했다. 홀가분해진 심정으로 시장을 벗어났다.

집까지 꽤 먼 거리였으나 걷기로 작정했다. 집을 향하여 걸음을 떼 놓으며 차근히 기억을 더듬어보니 아무래도 손잡이가 있었지 싶었다. 사 들고 가는 컵이 깨트린 컵 대신으로 적합하지 않은 것만 같았다. 새로 사야겠다는 마음이 들었다.

걸어오는 도중 지난번 들렀던 동네 시장의 그릇가게에 다시 들어갔다. 몇 개 되지 않은 컵 중에 이번에는 바로 눈길이 가는 컵이 있었다. 어차피 같은 것은 큰 시장에도 없었으니 비슷한 것을 구할 수밖에 없었다. 무늬가 있긴 하나 손잡이가 있어 가장 닮았다 여기고 값을 치렀다. 아마 이전에 왔을 때도 이 컵은 그 자리에 있었으리라. 바라보는 사람의 마음가짐에 따라 안 보이기도 하고 보이기도 하는 묘한 현상이었다.

집에 돌아와 먼지가 앉은 컵을 깨끗이 씻었다. 씻으면서 보니 살 때는 미처 보지 못한 까만 점이 있었다. 흰 쌀독에 기는 바구미처럼 눈에 걸렸다.

강의실에서 간식을 믹는 자리에서였다. 선뜻 컵을 내놓지 못하고, 지난번에 깬 컵 대신으로 샀는데 흠이 있어 교환해야겠다고 했다. 간식과 차를 준비하는 총무가, 컵은 소모품이라 사오지 않아도 된다고 했다. 그제야 가방에서 컵을 꺼내 총무에게 밑 부분의 흠을 보이자 이 정도 흠은 애교로 봐도 되니 집에 가져가서 그냥 사용하라고 했다. 그러고는 사무실에 가서 사실을 전하고 컵을 내게 되돌려 주었다.

그때까지도 흠이 있는 줄 모르고 샀으니 교환해야겠다는 생각이었다. 집으로 돌아오자 마음이 차츰 바뀌었다. 교환하러 가기도 번거로울 뿐만 아니라 상인을 귀찮게

하기도 싫은 노릇이었다. 컵의 밑바닥이라 일부러 들고 돌려보지 않으면 눈에 띄지도 않는다. 눈에 띌 때면 치아에 고춧가루가 묻은 것처럼 신경이 쓰이지만 못 본 척 넘기면 아무렇지 않을 수도 있다. 그 정도는 애교로 봐 준다던 말이 훈김으로 솔솔 피어났다.

컵이 지닌 좁쌀만 한 흠 하나에 비하면 내가 지닌 흠은 훨씬 크고 많으리라. 겉에 있어서 다른 사람의 눈에 보이는 흉터는 말할 것도 없고, 속에 숨어 있어서 다른 사람의 눈에 띄지 않는 흠집은 또 얼마일까. 자신의 갖가지 흠은 모르쇠하고 눈에 보이는 컵의 작은 흠에만 신경을 곤두세운 내가 민망했다.

컵에 물을 따라 마신다. 빈 컵을 앞에 놓고 찬찬히 살펴본다. 앞뒤 두 면에 국화꽃 문양이 있다. 활짝 피어 있는 꽃송이도 있고, 반쯤 벌어진 꽃송이도 있고, 입술을 앙다문 꽃봉오리도 있다. 잎줄기와 꽃은 자연스럽게 어우러져 있다. 나비 두 마리와 벌 한 마리가 향기를 보고 날아든다.

도공이 도자기를 구워 낼 때는 완벽을 추구한다지만 모든 도자기가 완벽할 수는 없을 것이다. 흠이 있어도 버티고 남아서 내게 올 수 있었던 컵에 감사한다.

　오늘부터 집 안의 다른 컵은 제쳐두고 이 컵을 나의 전용으로 해야겠다. 물컵이나 찻잔으로도 좋고, 그냥 앞에 놓고 음미해도 좋으리라. 내게도 드러나거나 혹은 숨겨져 있는 적지 않은 흠들. 이 컵을 보면서 자신을 돌아보고 다스리는 거울로 삼아야겠다.

단골

한 평 점포도 없다. 채소를 펼쳐 놓고 앉은 자리가 바로 점포다. 상자 따위를 잇댄 위에다 채소를 담은 소쿠리를 얹어 놓았다. 그 앞에 가서 파를 달라고 했다. 어찌된 영문인지 상추를 봉지에 담고 있다.

"상추가 아닌데요. 파 달라고 했어요."

상추를 한 차례 더 담고 나서야 파를 담는다. 그때 서녘으로 기울던 햇살 한 줄기가 야채를 담는 아주머니 손을 비춘다. 투박하고 거칠게 주름 잡힌 손이 석양빛을 받으며 부드럽게 움직인다. 눈을 들어 보니 여느 때보다 더 빛나는 노을이 서쪽 하늘을 곱게 물들이고 있다.

어디서 이렇듯 정겨운 마음을 만날 수 있을까. 푸성귀

를 다루는 인심이라서 가능할까. 채소 난전을 찾을 때면 발걸음도 푸근해진다. 단골로 물건을 사고파는 것이 아니라 단골로 인정을 주고받는다는 느낌이 든다.

떡 본 김에 제사 지낸다고 했던가. 상추가 생긴 김에 식육점으로 발길을 옮겨야겠다. 노릇노릇하게 삼겹살을 구워 상추쌈으로 저녁 식사를 할 생각만으로도 초겨울로 접어들어 잃어가던 입맛이 살아날 것 같다.

고기 마트에 들어섰다. 진열장 위에 가지런하게 놓인 요구르트가 먼저 눈에 들어왔다.

"어서 오세요."

주인이 반겨 맞으며 권한다.

"요구르트 하나 드세요."

갈증이 나던 참이다. 단골의 비결은 어렵고 먼 데 있지 않다. 쉽고 가까운 데 있다는 걸 깨닫는다.

걸음을 멈추게 하는 단골이 또 있다. 콩나물 동이를 앞에 놓고 앉아 있는 노점이다. 오지동이에는 동그란 얼굴을 쏙쏙 내밀고 있는 콩나물이 간밤 달빛을 흠뻑 받은 양노르스름한 빛을 띠고 있었다. 콩나물 동이의 주인은 나만 보면 녹음테이프처럼 되뇌곤 했다.

"많다 적다 소리도 안하고, 좋다 나쁘다 소리도 안하고 희한하다."

"알아서 주시는데 그럴 필요가 뭐 있어요?"

"그렇지 않아. 손님들이 스트레스를 얼마나 주는지 몰라. 속을 확 뒤집어 놓고 가는 사람도 있어."

"…."

인심이 얼마나 각박하면 저럴까 싶어 마음 한 자락이 무거워지곤 한다. 나라고 항상, 아무 요구나 불평을 하지 않는 건 아니었다. 다른 곳에서는 더 달라고 떼쓸 때도 있고, 값을 깎아 달라고 조를 때도 있었다.

오늘은 콩나물을 살 일이 없어 그냥 지나치는데 콩나물 동이 뒤편에 있는 옷가게에서 누군가 잽싸게 문을 열고 나온다. 콩나물 아지매다.

"나, 여기 있어."

손님이 없는 틈을 타 가게 안에서 잡담을 나누고 있다가 나를 보자 반가워 기척을 한 모양이다. 그 마음을 외면하지 못해 콩나물을 사고 말았다. 그렇지만 안 살 걸 샀다는 생각이 들지 않는다. 사야할 것을 잊고 있다가 산 기분이다. 사지 않으면 아쉽고, 팔지 않으면 서운한 것이 단골의 마력인가.

주말에는 매운탕을 즐겨 먹는다. 집으로 돌아오는 길, 도시 외곽에 농산물 도매시장이 있다. 이곳을 찾게 된 지 여러 해째다.

넓은 농산물 시장에서 내가 들르는 과일상은 단 한 군데다. 시장 안으로 들어서면 오른쪽 첫 번째 가게다. 매번 제철에 나는 먹음직스러운 과일을 박스째 사곤 한다. 남편의 지청구를 들은 적도 있다.

"왜 그 집만 가노? 다른 집에도 가보지 않고."

"어디나 다 같지 뭐."

차이 없는 상품에 차별 없는 가격이면 늘 가던 상점에 가는 게 편리하고 유리하다. 믿고 들르면 알아서 상품을 보여주고 적정한 값을 부르는데 굳이 이 집 저 집 기웃거리며 신경 쓸 까닭이 무언가. 거기에다 아직 싱싱한 과일을 덤으로 주기도 한다. 가끔은 과일의 맛이 없을 때도 있고, 상자 밑에는 상한 과일이 섞여 있을 때도 있다. 그래도 속았다거나 불쾌하다는 감정을 가지지 않으려 한다. 의심은 심사를 어지럽히지만 믿음은 평안을 선사하니까.

재래시장과 농산물 시장을 오랫동안 오가며 이어진 인연의 고리가 단골이다. 쉽사리 풀리거나 끊어지지 않게 엮인 인정의 끈이다. 그동안 차근차근 밟아온 세월의 그림자가 눈앞에서 너울거린다.

똘똘이가 효자

　시장을 보아 집으로 돌아가는 길이었다. 여러 개의 비닐봉지를 양손에 나누어 들고 있었다. 무심히 걷고 있는데, 뒤에서 부르는 소리가 들려 돌아보았다.

　"여기다 좀 실으소."

　장바구니 수레의 짐받이를 손짓으로 가리켰다. 짐받이는 텅 비어 있었다. 공연히 짐을 지우고 싶지 않아 괜찮다고 사양했다. 걸음을 늦추며 장바구니 수레를 바라보았다. 궁금해할 것이라 여겼는지 그릇가게에 가면 다양한 종류가 있다고 했다. 관심 가져본 적이 없어서 무엇이라 부르는지 묻자 '똘똘이'란다.

　이어서 할머니는,

"이 똘똘이가 남편이나 자식보다 나은 효자다."라고
했다.

도움의 손길이 필요할 때 선뜻 나서서 해결해 주지 못
하는 남편이나 자식보다 나은 효자라는 말에 얼핏 수긍
이 갔다. 기억에서 흐릿해져가던 얼마 전 일이 되살아났
기 때문이다.

그날도 칠팔월은 더워야 제맛이라는 듯 더위가 푹푹
찌며 네 활개를 쳤다. 그렇다고 집 안에 앉아 부채질만
하고 있을 수는 없는 일. 반찬거리를 사려고 시장에 나갔
다.

며칠 만에 나온 터라 사야 할 것이 많았다. 애호박, 오
이, 가지, 무, 청양고추, 당근, 감자, 마늘, 양파, 두부….
혼자 들고 가기엔 무거운 양이었지만 그렇다고 어느 것도
뺄 수는 없었다. 옳다구나! 주말이라 집에 있는 남편이 떠
올랐다. 부탁하면 자동차로 태우러 와 줄 거라 믿었다.

통화 버튼을 눌렀다. 집에 같이 있다가 나왔는데 웬일
인지 휴대전화도, 유선전화도 받지 않았다. '조금 있다가
다시 하면 받겠지' 하고 더 사야 할 것이 없나 살폈다. 시
장보기를 마치자 이제 제발 연결이 되기를 바라며 다시

버튼을 눌렀으나 받지 않았다. 집까지는 걸어서 삼십 분 거리, 힘들겠지만 하는 수 없었다.

땀이 비 오듯 했다. 땀이 흘러들어서인지 눈을 뜨기가 곤란했지만 양손을 짐에게 저당 잡혀 닦아낼 수조차 없었다. 집에 절반 정도 갔을 때 남편으로부터 전화가 왔다. 그제야 부재중 전화를 확인한 모양이었다.

"와 전화했노?"

"장봤는데 무거워서, 마중 좀 나오소!"

흔쾌히 그러마고 했다. 내가 집을 향하여 가야할 거리와 남편이 집에서 나올 거리의 중간지점인 유치원 앞을 만날 장소로 정했다. 조금만 가면 무거운 짐을 반으로 줄일 수 있다는 기대감에 마지막 힘을 내어 유치원 앞에 도착했다. 그러나 남편의 모습은 흔적이 없었다.

전화를 했지만 또 받지 않았다. 잠시 서 있다가 기대감을 흩어버리고 다시 집을 향해 걷기 시작했다. 실망감과 함께 분노가 치밀어 올랐다. 짐의 무게보다 마음의 무게가 더 무겁게 팔다리를 짓눌렀다.

아파트 현관문을 열고 들어서니 켜 놓고 나간 텔레비전에서는 '다 그런 거지 뭐 그런 거야,' 라는 옛 가요가 흘러나오고 있었다. 장식장 위에 두고 간 남편의 휴대전화는 언제 울린 적이 있었느냐며 묵묵했다.

잠시 뒤 자전거를 끌고 땀에 흠뻑 젖은 남편이 돌아왔다. 차를 운행할 정도의 거리는 아니라서 걸어 나올 것으로 예상했는데 자전거를 타고 나가 나보다 일찍 도착해 사람이 안 보이자 반대편의 어린이집 앞에 가서 찾아 헤매다가 왔단다. 걸어서 칠팔 분 거린데 자전거는 웬 자전거며, 휴대전화는 왜 휴대하지 않았는가 말이다. 화를 참는다는 게 쉬운 노릇이 아니었다. 충돌 직전의 위기를 간신히 넘기고 속 타는 여름 저녁 한때를 보냈다.

그때 나에게 장바구니 수레가 있었다면 애먼 남편을 불러내어 헛고생을 시키는 일도, 길이 엇갈려 울화가 치미는 일도 없었으리라. 아무리 착한 아들, 자상한 남편이라도 내 손발 놀리는 것만이야 하겠는가. 할머니는 그런 우여곡절이 많았기에 '똘똘이가 효자'라고 자신 있게 말하지 않았을까.

가는 방향이 달라 나는 건널목 앞에서 할머니와 헤어졌다. 신호등 앞에 서서 구부정한 몸을 똘똘이에 의지해 멀어지는 할머니를 먼 눈길로 한참 동안 바라보았다.

실수

여학교 친구 모임이 있는 날이었다. 8월 한낮, 무더위가 연일 수은주의 눈금을 올리고 있었다. 한 친구가 추천한 식당은 횟집이었다.

차려낸 음식이 농촌에서 자란 내 구미에는 맞지 않았다. 한식이 아니라 퓨전식이나 일식에 가까웠다. 하지만 시장한 참이라 튀김과 회와 매운탕으로 위胃를 만수위까지 채웠다. 개운치 않은 뒷맛을 가실 겸 셀프서비스인 자판기 커피를 뽑으러 갔다.

친구 수대로 커피를 뽑아 쟁반에 담았다. 선 채로 맞은편에 앉은 친구에게 먼저 한 잔 건넨 다음 내 오른편에 앉은 K에게 주려고 팔을 내밀었다. 나도 모르게 몸이 기우뚱했던 모양이었다. 차반에 있던 커피가 몽땅 쏟아져 버리고 말았다.

"앗, 뜨거!"

K가 비명을 지르며 일어섰다. 화급히 치마를 펄럭이며 털었다. 치마에 묻은 커피를 털어내고 들춰 보이는 양쪽 허벅지가 불그레했다. 한순간 내 머릿속은 마치 컴퓨터에 작성한 문서가 날아가 버린 것처럼 하얗게 비어 버렸다. 다행히도 뜨거운 커피가 곧바로 살에 닿지는 않았다.

내 실수에는 일본식 좌식 테이블이 한몫을 했다. 평소에 다니는 한국 음식점처럼 편하게 상을 마주하는 좌석이 아니었다. 커피를 뽑아와 나누어 주면서 그걸 깜박하고 헛발을 내딛는 바람에 몸의 균형을 잃었던 것이다. 깜박깜박하는 내 정신이 순간적으로 일으킨 실수였다.

누군가 주인아주머니에게 얼음을 부탁했다. 얼음이 든 봉지 두 개를 가져다주었다. 어질러진 자리에서 모두 일어나 온돌방으로 옮겼다. K는 두 봉지의 얼음을 양쪽 나리에 하나씩 대고 찜질했다.

그제야 다른 친구가 나를 향해, "너도 데었잖아. 얼음 찜질해라."고 했다. K는 얼음봉지 하나를 내게 건넸다.

나도 옷을 들추니 배와 허벅다리에 붉은 기운이 어려 있다. 너무 놀라서 내가 데었다는 사실조차 미처 느끼지 못했던 것이다.

내가 커피를 엎지른 소동으로 어수선한 가운데 모임을 마쳤다. 친구들과 헤어져 집으로 향하는 마음이 무거웠다. 왜 하필 일본식 방이었나 하는 장소 탓도 해보았지만 마음은 영 가벼워지지가 않았다.

그간 몇 발짝만 걸으면 닿는 이웃 아파트에 살지만 소원해진 K와의 우정을 돌아보았다.

여학교를 졸업하고 시골에서 지낼 때였다. 지금 사는 도시에 살던 K는 30분가량 버스를 타고도 한참 걸어야 하는 우리 집에 놀러오곤 했다. 갓 구운 옥수수식빵을 사 들고 온 적이 많았다. 사랑방에서 구수한 옥수수식빵을 뜯어 씹으며 첫사랑에 대한 애틋한 사연을 털어놓을 때는 눈가에 촉촉한 물기가 비치기도 했다. 시간 가는 줄 모르고 이야기꽃을 피우다가 저녁녘이 되면 상추쌈뿐인 밥상을 마주한 후 돌아갔다. 내가 K네 집에 갔을 적에는 자고 가라며 붙잡는 손을 뿌리치지 못해 밤을 보내고 돌아오기도 했다.

결혼한 후엔 K와 같은 도시에 살게 되었다. 이 모임에 가입을 권한 것도 K였다. 그런데 지리적으로는 가까이서 매달 모임을 갖지만 심리적으로는 갈수록 멀어져 갔다. 집안일에 부대끼는데다 관심 분야마저 다르다 보니 따로 내왕하는 일이 뜸해진 탓도 있었다. 다른 친구들도 모임에서 얼굴을 대하지만 바쁜 일에 쫓겨 밥만 먹으면 헤어지기 일쑤였다.

나는 그날 집에 돌아와 K에게 카카오톡을 전송했다.

"좀 어떠니? 병원에 가서 치료 받아라."

"괜찮아. 화상연고 발랐어. 걱정하지 마."

K의 다정한 목소리가 귓가에 들리는 듯했다.

그동안 제과점에 들를 때면 매번 옥수수식빵을 샀지만 예전에 먹었던 그 맛이 아니었다. 이번 실수는 지난날 K와 함께 먹었던 옥수수식빵의 감칠맛을 새롭게 되새기는 계기가 되었다.

문득 얼마 전 텔레비전 뉴스에서 본 라면 소송이 떠올랐다. 여객기 안에서 승무원이 끓인 라면을 가져오다가 실수로 모델 출신 승객의 하반신에 쏟아 화상을 입혔다. 그 승객이 항공사와 승무원을 상대로 2억 원의 손해배상

소송을 제기한 사건이었다.

순간적으로 일어난 실수가 정신적 압박과 물질적 손실을 초래하는 일이 허다하다. 사회적 물의를 야기하는 수도 종종 있다. 그렇지만 꼭 그런 것만은 아니다. 때로는 실수가 30년이 넘도록 이어오며 시들어진 우정에 생기를 불어넣기도 하니 말이다.

더위가 한풀 꺾이면 K를 만나 시원하고 매콤, 새콤, 달콤한 포항 물회라도 한 그릇 나누어야겠다. 옥수수식빵도 사서 함께 뜯고 싶다. 그러나 일본식 좌석의 횟집만은 피해야겠다.

과수원집 옥이

　우리 집 앞에 밭이 있었다. 보리가 내 키만큼 자라서 익으면 베어내고 콩을 심었다. 콩이 누렇게 여물어 가지가 꺾이거나 뿌리째 뽑히면 쇠죽솥에 익혀 먹기는 했지만 어린아이의 군입거리로는 어림이 없었다. 그 밭과 오솔길 하나를 사이에 두고 탱자나무 울타리가 쳐진 옥이네 과수원이 있었다. 능금나무 가지마다 붉은 열매가 주렁주렁 매달려 햇살을 받아 반짝거렸다.

　능금이 먹고 싶은 날이면 옥이가 생각났다. 집에 있을까? 놀러 가면 반겨줄까? 설마 오지 말라고는 안 하겠지. 긴 망설임이 필요하지는 않았다. 바깥 대문을 들어서면 넓은 마당, 바깥마당을 지나면 다시 안마당이 보이는 안

대문의 계단, 계단에 올라서서 나는 옥이를 불렀다. 옥이가 집에 있을 땐 나의 방문을 거절하지 않았다. 들어오라고 하면 나는 얼른 안마당엘 들어섰다. 옥이 방에서 이런저런 이야기를 나누노라면 자연스럽게 시간이 흘러갔다. 이윽고 해가 서녘 하늘로 기울 무렵, 드디어 옥이 어머니의 목소리가 들려왔다.

 "능금 주우러 가거라."

 내 귀가 번쩍 뜨이는 순간이었다.

 평소에는 어른 주먹만 한 자물쇠가 채워져 있던 과수원 입구의 철문이 열렸다. 조금 걸어 들어가면 원두막이 있었다. 옥이와 나는 바구니를 하나씩 들고 능금나무 주변을 돌았다. 안쪽 끝에서부터 바닥을 훑으며 나무 밑에 떨어진 능금을 담아 원두막 한쪽에 모았다. 그러면 옥이 어머니는 우리가 주워 나른 능금 중에서 흠 있는 것을 바구니에 반 넘게 담아 집에 가져가서 먹으라고 주었다. 탱자나무 울타리를 돌아 집으로 가는 길에는 능금 향기가 바구니를 든 내 손끝을 타고 올라 코끝과 혀끝을 감미롭게 자극했다.

 옥이네 과수원 앞을 지나갈 때면 손을 내뻗어 능금 한

알만 따 먹고 싶은 충동에 시달려야 했다. 대궐 같은 기와집 앞을 지날 때면 작은 몸이 더 작게 움츠러드는 것 같기도 했다. 옥이는 용모도 빼어난데다가 공부까지 잘했으니 내 어린 시절 부러움의 대상이었다.

읍내 여중에 다닐 때였다. 옥이와 등교를 같이 하고 학교가 파하면 여럿이 어울려 십 리 길을 걸어서 집으로 돌아오곤 했다. 그때만은 누가 부자고 누가 가난한지 별로 개의치 않았다. 다 함께 버스비를 아껴 시장통을 지나다 삶은 고구마를 사서 먹으며 멀고 먼 철로 변을 걸었다.

그런 옥이가 여고생이 되고 나서부터 달라지기 시작했다. 대구로 진학한 옥이는 방학 때라야 볼 수 있었다. 말씨나 매무새가 시골티를 벗고 예전의 풋풋함이 없어졌다. 그렇게 우리가 함께했던 어린 날들은 잊혀가고 서로 다른 세상을 살게 되었다.

얼마 전 초등학교 동기회 가을 야유회가 있었다. 오랫동안 소식이 없었던 옥이가 모처럼 참석했다. 그녀는 한 몸에 스포트라이트를 받았다. 칠곡 가산산성에 올랐다가 내려오는 길이었다. 잠시 휴식을 취하는 동안 옥이는 막힘없는 입담으로 좌중을 휘어잡았다.

옥이는 아버지와 얽힌 이야기도 털어놓았다. 옥이가 어릴 적에 아버지는 밖에 나가서 놀지 못하게 했단다. 그런 아버지에게 불만이 많았고, 자유롭게 나가 노는 아이들이 무척 부러웠단다. 그런데 그다음 하는 말이 내 귀를 의심케 했다. 여드름이 돋아난 제 얼굴을 보며 아버지에게 "왜 숙이처럼 예쁘게 낳아주지 않았느냐."고 불평을 했단다.

모든 걸 다 가진 것 같아 보였던 옥이에게도 불만이나 불평이 있었다니, 게다가 아무 것도 가지지 못한 것 같이 생각되었던 내게도 부러워할 만한 구석이 있었다니, 갑자기 뒤통수를 맞은 듯했다. 그러고 보니 옥이는 마을 아이들과 어울려 논 적이 드물었고, 놀다가도 자기 아버지가 보이면 눈치를 보는 듯했었다. 성숙했던 옥이 얼굴에 여드름이 두드러지게 많았던 기억도 난다.

옥이네 과수원은 수명이 다해 능금나무를 모두 베어내버린 지 오래다. 올케와 오빠가 잇달아 세상을 떠나고 옥이 아버지도 유명을 달리했다. 최근엔 장조카가 큰 집을 관리하기가 힘들어서 팔아버렸다고 한다. 아쉬웠지만 어찌할 도리가 없었단다.

옥이의 마지막 말이 여운으로 남는다. 아버지가 마음 껏 놀러 다니질 못하게 해서 지금은 세계 각지를 누비며 여행을 하고 있는지도 모른다고 했다. 부족한 것 없이 살 아가는 옥이가 내게는 여전히 부러움의 대상이다.

아버지가 돌아가신 나이보다 십여 년을 더 살았다. 과 수원집 옥이 눈에 예쁘게 보였던 내 어린 날의 모습은 온 데간데없이 사라지고 말았지만, 늦게나마 아버지에게 감 사 인사를 드려야겠다. 아버지가 토닥거려 주실 것만 같 다. '그래, 너도 하나쯤은 가진 게 있지 않더냐.'

창가로 다가가 밖을 내다본다. 곱게 물든 단풍이 저무 는 저녁노을에 온몸을 적시며 한껏 빛을 발하고 있다.

휴업 상태

목욕탕 안이 썰렁했다. 얼른 탕 속에 들어가 몸을 담갔다. 마주 보이는 할머니에게 말을 붙였다.

"할머니! 전에도 이 목욕탕에 다니셨어요?"

"그럼, 40년짼데…."

"왜 이렇게 손님이 적어졌어요?"

"주인이 인정을 베풀어야 되지."

그러자 옆쪽의 아주머니가 끼어들었다.

"교회 집사면 뭐해? 교회 다니는 사람이 더 욕심이 많아!"

"저는 애교 있고 좋아 보이던데요."

"겉으로야 그렇지. 목욕탕에서 일하는 사람들 돈을 빌

려가서는 갚지 않는대. 하나밖에 없는 아들이 호주에 가서 공부한다더군."

외국에서 공부하는 아들의 뒷바라지가 버거워 그랬는지도 모르겠다는 생각이 스쳤다.

아담한 키에 적당히 살찐 몸매, 동그스름한 얼굴, 여주인의 인상은 복스러웠다. 언젠가 나 혼자서 등을 밀고 있는데 그녀가 탕을 살펴보러 왔다.

"새댁, 내가 좀 밀어줄게."

부드럽게 등을 밀어준 적이 있었다.

하루는 새벽 일찍 목욕탕에 갔을 때였다. 목욕탕 현관에서 그녀와 마주쳤는데 쉬는 날이라고 했다. 그런 줄도 모르고 회원권만 가져왔다고 하자 다른 목욕탕에 가라며 선뜻 만 원짜리를 주머니에서 꺼내 주었다. 목욕료를 가지러 도로 집에 가지 않아도 되도록 해 준 배려가 무척 고마웠다.

이른 시각, 목욕탕에 가면 여주인이 직접 채취한 약쑥을 망에 넣어 탕 속에 우려 놓았으니 입욕하면 좋다고 권하기도 했다. 내게 베푼 이런 호의들이 다 겉치레였단 말인가?

그러고 보니 내가 보기에도 안타까운 일이 있긴 했다. 탕의 물이 식거나 지저분해지면 손님이 뜨겁고 깨끗한 물을 새로 틀어 온도를 맞추고 더러운 물을 흘러넘치게 했다. 그때마다 잔소리를 했다. 나중에는 아예 수도꼭지를 빼버리고 꼭 필요한 경우에만 여주인이나 때밀이가 직접 꽂아서 틀어주는 식이었다. 꼭지가 빠져버린 수도는 어처구니없는 맷돌을 연상시켰다. 절약이 미덕이던 시절은 이미 지났고, 손님을 먼저 생각해야 한다는 사실을 목욕탕 주인은 모르는 모양이었다. 차츰차츰 손님이 줄어드는 듯했다.

　한동안 나도 인근 다른 목욕탕을 이용하다가 올해 초여름 다시 이 목욕탕을 찾았다. 계산 창구 유리문에는 회원권 예매 알림이 있었다. 할인되는 맛에 회원권 20매를 구입했다. 목욕탕 안에 들어가 보니 손님이 다섯 손가락으로 셀 정도로 확 줄어 있었다. 샤워꼭지마다 성한 것이 드물었다. 물이 새는 게 대부분이었고, 아예 헛바퀴가 돌기도 했다. 두 해가 흘렀건만 내부 수리를 안 한 모양이었다.

　그날은 목욕하는 사람이 둘 뿐이었다. 한창 몸을 씻고

있는데 물이 나오다가 뚝 끊겼다. 때밀이가 나가서 알아보고 오더니 공사 중이라 조금 있으면 물이 나온다고 했다. 잠시 뒤 목소리를 낮춰 "수도 요금을 납부하지 못해서"라고 했다. 이번만이 아니고 그런 적이 또 있었다고 했다.

다행히 벽걸이 샤워기는 물이 나와 몸을 헹굴 수 있었다. 탈의실에는 새로 온 손님이 옷을 벗고 있었다. 물이 나오지 않는데 한 사람이라도 더 받아야 하는 절박함이 그려졌다.

지루한 장맛비가 걷히고 활짝 갠 날이었다. 목욕하는 사람이 더러 있었고 물은 정상적으로 나왔다. 그렇게 몇 주가 조마조마하게 지나갔다.

만물이 풍성해진다는 추석 전날이었다. 목욕탕 앞에 이르자 현관문에는 '개인 사정으로 휴업합니다. 주인백'이란 안내문이 붙어 있었다. 드디어 올 것이 왔다는 느낌이었다. 하는 수 없이 발길을 돌려야 했다.

집에 돌아와 서랍에 남은 회원권 10매를 꺼내보았다. 유효기간이 적혀 있지 않다. 목욕탕은 휴업이지 폐업이 아니잖은가. 회원권은 여전히 유효하다. '더하지도 말고

덜하지도 말고, 한가위만 같아라.'는 말이 생각났다. 목욕탕도 넉넉한 추석 인심으로 휴업 상태가 빨리 해제되었으면 좋겠다.

제3부

녹슨
비녀

신발을 신으며

햇살 투명한 주말, 외출하려고 신발을 신는다. 부드러운 신발이 가칠한 내 발을 따뜻하게 맞아준다. 이 포근한 느낌, 오랫동안 꿈꾸어 오던 합일이다.

편하게 신을 신발이 필요하던 참이었다. 'SSST 구두 박람회' 유인물이 날아들었다. 경북 최초, 최대 구두 초특가전이라는 쇼핑 찬스를 놓치고 싶지 않았다. 귀찮음을 무릅쓰고 L백화점에 갔다. 굽이 낮고 장식이 요란하지 않은 자줏빛 수제화手製靴가 눈길을 끌었다. 소재가 천연가죽이라는 매장 직원의 설명을 들으며 신어 보니 부드럽고 가벼웠다.

그런데 한 치수 작은 것도, 큰 것도 다 내 발에 맞았다.

어느 것으로 해야 할까, 망설이다가 매장 직원에게 물으니 본인이 알아서 결정하라 했다. 발이 커 보이는 것보다 작아 보이는 편이 낫지 싶어 작은 치수를 택했다. 새 신발을 신으니 구두의 색상처럼 마음 또한 자줏빛으로 달떴다.

첫선을 보던 날이었다. 말수가 적으면서도 상대를 배려할 줄 아는 남자였다. 무던하다 싶었으나 확신이 서진 않았다. 찻집에서 인사를 하고 나왔는데 뒤쫓아와 택시를 잡아주고 기사에게 택시비를 건넸다. 그 마음이 봄볕만큼이나 살갑게 다가왔다.

내 발은 그 신발을 신은 첫날부터 수난을 겪었다. 이내 발뒤꿈치에 물집이 생기더니 얼마 걷지 않아 발을 내딛기가 거북해졌다. 집에 돌아오는 길은 살갗이 벗겨져 쓰라리기까지 했다. 맑고 푸른 봄 하늘마저 희부옇게 흐려 보였다. 그러나 이미 신어버려 도로 무를 수도 없었다.

혼담이 성사되었다. 한복 치수를 재기 위해 만나기로 했다. 그해 5월 초순은 한여름만큼이나 더웠다. P시에서 K시로 온 남자는 '이 더운데 오라고 했느냐?'며 만나자마자 화를 냈다. 뜻하지 않은 태도에 당황하여 어찌할 바를

몰랐다.

　새 신발을 신은 다음날에 예정된 등산모임이 문제였다. 잠깐의 외출도 아니고 긴 시간의 산행을 물집이 잡힌 발로 어떻게 해낼 수 있을지 걱정이 앞섰다. 그렇다고 모임의 총무라서 회원의 즐거운 산행을 취소하자거나 혼자 빠질 수도 없는 처지였다. 밤이 깊을 때까지 여러 번 소독하고 연고를 발랐다. 당일 새벽 눈뜨자마자 발의 상태를 살폈다. 부풀고 벗겨진 데가 약간 가라앉아 있었다.

　밴드를 붙이고 두툼한 양말을 두 켤레나 신고 집을 나섰다. 처음에는 신경이 쓰이다가 막상 산에 오를 때는 통증이 없어 무사히 산행을 마칠 수 있었다. 발이 낯선 구두가 아닌, 이미 아옹다옹 친분을 쌓아 온 등산화를 만나자 얼굴 붉히지 않았는지도 모른다.

　성격 급하고, 참을성 없고, 자기중심적인 남자와 부딪칠 일은 생활 곳곳에 잠재해 있었다. 여자도 그에 못지않게 지기 싫어하고, 삐치기 잘하고, 고집도 간혹 부렸다. 때로는 작정하고 대들어도 보았지만 매번 다치는 쪽은 여자였다. 나중에는 상처를 피하기 위해 몸을 도사리고 마음에 빗장을 질러야 했다.

무덥던 여름이 가고 소슬한 가을이 왔다. 가을도 깊어 단풍이 곱게 물들었다. 여자도 단풍 빛깔의 양말을 신었다.

피로연에 가기 위해 정장 차림을 하고 신발장을 열었다. 신발장을 살피다가 어쩔 수 없이 그 수제화를 꺼냈다. 발을 괴롭히던 기억이 되살아났지만 마땅한 구두가 없었다. 조심스럽게 구두에 발을 꿰었다. 신고 이리저리 움직여 보니 언제 불화가 있었느냐는 듯 스스럼이 없었다. 지난여름 지독했던 무더위 때문일까, 가을이면 시들시들 생기 없는 신체 리듬 탓일까. 뜻밖의 행운을 잡은 기분이다.

예순을 바라보는 남자와 이즈음에는 다투는 일이 뜸하다. 남자는 살림살이에도, 가족 뒷바라지에도 헐거운 편인 여자에게 어지간해서는 성깔을 부리지 않는다. 오히려, 간섭하거나 요구하지 않고 스스로 해결한다. 여자는 입 밖으로 드러내지 않지만 그런 남자가 여간 미덥고 고맙지가 않다. 가끔 세월이 약이란 말을 떠올리곤 한다.

처음 얼마 동안은 신기만 하면 발이 아픈 신발을 버릴까도 생각했고, 치수가 맞는 사람에게 줘버리고도 싶었다. 왜 작은 치수를 선택했나, 후회도 했다. 그러한 불편을 꾹 참고 견디기를 잘했다 싶어 미소를 머금는다. 별거와 이혼을 작심하기도 했던 지나간 세월의 무늬들이 신발 문양 위에 겹친다.

초등학교에 입학하여 며칠 지나지 않아서였다. 수업을 마치고 신발장에 가보니 내 신발이 없었다. 취학을 기념하여 어머니가 사준 운동화인데, 눈앞이 캄캄했다. 엉엉 울면서 찾아간 곳은 상급생인 오빠의 교실이었다. 그날 이후 종종 신발을 잃어버리는 꿈을 꾸었다. 사람이 많은 장소에 가면 신발이 사라질까 불안해 벗을 때마다 돌아보고 또 돌아보았다.

결혼한 지 어느새 삼십 년. 일방적으로 상처만 받으며 살아온 줄 알았는데 그게 아닌 모양이었다. 어려서는 신발을 잃어버려 오빠에게 찾아달라고 매달렸던 내가 이제는 신발이 없으면 구해달라고 할 사람이 남편뿐이라는 사실을 새삼 깨닫는다.

승강기昇降機에서 내려 현관문을 열고 나온다. 화단 소나무 밑에서 여름내 고난을 견뎌내고 피어난 국화가 배시시 웃고 있다.

녹슨 비녀

미장원에 다녀온 지 한참 되어 머리가 꽤 길다. 거울 앞에서 머리를 묶고 내 얼굴을 보니 얼핏 어머니의 쪽진 머리를 한 얼굴이 떠오른다. 급하게 일어나 옷장 서랍을 열고 비녀를 찾기 시작한다. 서랍 밑바닥에서 무명천에 싸여 있는 비녀를 조심스럽게 꺼내어 어루만진다.

내 가운데 손가락보다 한 마디쯤 더 길다. 적당히 자란 콩나물만 한 길이다. 콩나물이 시루에서 물 먹는 소리가 난다. 차차 비녀에 생기가 돌아 음표로 바뀐다. 음표는 아픈 선율이 되어 내 가슴속 기억 한 소절을 불러낸다.

오래전 어느 부활절 즈음의 일이다. 고된 시집살이에 심신이 야위어가던 언니는 종교로 어려움을 극복하려 했던 것 같다. 언니는 온종일 물 한 모금도 마시지 않고 성당에서 기도에만 매달렸다. 지나침은 모자람만 못하다 했던가. 기도만 하던 언니에게 이상한 현상이 일어났다. 이미 이 세상에 안 계신 할머니는 살아 계신 것으로 보이고, 고생하며 살아가고 있는 어머니가 돌아가신 것으로 보이더란다.

구미에 살던 언니는 바로 우리 이웃에 전화를 해서 어머니가 돌아가셨다고 했다. 요즘과 달리 전화가 있는 집이 드물 때였다. 보리밭을 매고 있던 어머니에게 이웃사람이 그 말을 전했다. 어머니는 뜻밖의 소식에 놀라 호미를 내동댕이치고 집으로 달려왔다. 정신이 아득해져 비녀가 없어진 줄도 모르는 채였다. 당장 비녀를 찾을 수가 없자 마침 눈에 띈 못을 머리에 지르고 허둥지둥, 구미로 달려갔다.

온전치 못한 언니의 눈에는 비녀 대신 대못을 지른 어머니의 모습이 못 박혀 돌아가신 그분이 부활한 모습으로 비쳤을까. 언니는 삶의 근원인 어머니의 보살핌으로 놓쳐버린 정신을 되찾았고, 어머니는 삶의 터전인 밭이랑에서 잃어버린 비녀를 되찾았다. 그때 찾은 비녀가 지금 내 눈앞에서 그리운 음색을 띠고 있다.

어머니는 매일같이 꼭두새벽에 일어나면 치렁치렁한 머리를 매만져 비녀를 꽂고 부엌으로 나갔고 한밤중이 되어서야 비녀를 빼 머리맡에 두고 잠자리에 들곤 했다. 비녀로 시작되고 마감되는 일상이었다.

그런 어머니에게도 비녀를 지르지 않았던 시절이 있었다. 외갓집 친척 언니 결혼식이 있는 날이었다. 어머니는 잔치에 나를 데리고 가는 길에 읍내 미장원에서 파마를 했다. 비녀를 뺀 어머니의 머리에 꽃송이가 피듯 파마송이가 피어났다. 나도 예쁘게 올림머리를 해 주었다.

올림머리를 한 내 모습을 보고 외가 친척 아저씨가 "시집가도 되겠네."라고 하던 말이 아직껏 귓전에 남아 있다. 시집가도 되겠다는 말은 비녀를 꽂아도 되겠다는 뜻이었으리라. 비녀를 꽂는다는 게 아이의 자유로움에서 벗어나 어른의 굴레에 갇힌다는 의미임을 훗날에야 알았다.

뜻하지 않게 닥쳐온 아버지의 병환으로 미장원에 갈 여유를 잃게 된 어머니는 다시 비녀를 지를 수밖에 없었다. 처음에는 아버지의 치료에 쓸 약을 구하러 다니느라 경황이 없었고, 나중에는 아버지가 하던 일까지 도맡아 하느라 겨를이 없었다. 아버지가 돌아가신 후에는 육 남매를 기르고 가르치는 일로 머리는커녕 옷조차 제대로 갖추어 입지 못했다.

그러다가 늘그막에는 아예 비녀를 지를 수 없었다. 긴 머리를 감아 빗기가 힘들어 짧게 잘라야 해서다. 영영 쓸모없어진 비녀는 장롱 서랍 속에 갇히게 되었다. 그것이 어머니 돌아가신 후, 남기신 물건을 살펴보던 내 눈에 띄었다. 나는 남은 체취라도 맡아보고 싶어 무명천에 곱게 싸서 가져왔다.

어머니는 파마보다는 비녀와 함께한 세월이 훨씬 더 길다. 비녀 모양이 대못과 닮아서일까. 아버지와 결혼하여 머리에 비녀를 꽂으면서부터 평온하던 어머니 영혼의 리듬은 흐트러졌다. 숱하게 겪은 시련으로 어머니 심중 깊숙이 박혀 있던 못이 이제는 내 마음에까지 다다라 여기저기 못질을 하고 있다.

비녀의 머리와 꼬리에는 여러 가지 무늬가 새겨져 있다. 겨울날 눈 위에 찍힌 새 발자국 같기도 하고, 봄날 땅 위에 떨어진 꽃잎 같기도 하다. 또 어찌 보면 여름날 후

드득 쏟아지는 빗방울 같기도 하고, 가을날 알차게 여문 곡식알 같기도 하다. 아니, 어머니가 흘린 구슬땀 자국 같기도 하다.

거뭇하게 녹슨 비녀를 무명천 위에 놓는다. 한 여자의 일생이 그려진 악보에서 구슬픈 가락이 흘러나온다. 곡조에 취해 감았던 눈을 떠보니, 푸릇한 옷을 입은 여자가 지친 듯 누워 있다.

흰 머리카락을 뽑으며

한가하고 무료한 시간, 앉은뱅이책상 앞에 앉아 거울을 들여다본다. 이마로 흘러내린 앞머리를 쓸어 올린다. 유난스레 반짝이는 흰 머리카락이 보인다. 조심스럽게 가려잡고 뽑는다.

뽑은 머리카락을 책상 바닥에 놓자 뿌리가 자석처럼 달라붙는다. 무슨 흡인력으로 달라붙는 것일까. 살아가려는 생명력일까. 기생하려는 생존력일까. 가느다란 머리카락 한 올에도 홀로 떨어지지 않으려는 저항력이 숨어 있음이 놀랍다. 외따로 떨어지기를 완강히 거부하는 심리가 나를 어린 시절 아버지 머리맡으로 데려가 앉힌다.

중풍을 앓는 아버지는 육신이 자유롭지 못했다. 아버지 혼자 할 수 있는 일이란 거의 없었다. 아버지는 자주 귀가 가려웠던 모양이다. 매번 나에게 귀를 후벼달라고 했다. 잇따라 흰 머리카락을 뽑아달라고 했다. 아버지의 말에는 거역할 수 없는 힘이 있었다.

물 한 모금 직접 손으로 마시지 못했던 아버지. 한 곳에서 움직이지 못하는 식물의 처지보다는 조금 나았으려나. 그러나 엄연한 집안의 지주였다. 아버지 한마디에 할머니와 어머니, 누구도 이의를 달지 않았다.

흰 머리카락을 뽑는 일은 지루하고 갑갑했다. 어서 빨리 벗어나고 싶어 안달이 났다. 그러던 어느 날이었다. 아버지는 흰 머리카락 한 오라기를 뽑으면 1원을 준다고 했다. 바로 주는 것이 아니라 나중에 모아서 준다고 했다. 돈을 받으면 눈깔사탕을 사먹을 궁리에 미리 침부터 삼키기도 했다. 그것도 잠시, 몸은 아버지의 머리맡에 있으면서도 마음은 뭉띵 콩밭에 가 있는 이린 딸을 붙잡아 두기엔 역부족이었다.

아버지의 흰 머리카락 뽑은 대가는 한 번도 받아보지 못했다. 지금 모두 계산하여 이자까지 합하면 얼마나 될까. 전부 몇 개를 뽑았는지 어림잡을 수 없지만 아마도 내 흰 머리카락을 감출 수 있는 가발 하나를 사 쓸 정도는 되지 않을까 싶다.

아버지는 몇 해 뒤 이른 봄날, 흰머리 따위는 신경 쓰지 않아도 되는 세상으로 떠났다. 나도 어느새 그때 아버지의 나이를 훌쩍 넘어섰다.

지난여름, 집안에 큰일이 있어 멀리서 지내는 딸아이가 왔다. 함께 쇼핑을 하고 밖으로 나오니 여우비가 쏟아지고 있었다. 비가 그치기를 기다리며 백화점 지붕 밑에 서 있을 때였다. 나보다 반 뼘쯤 키가 큰 딸아이가 내 흰 머리카락을 뽑아 주는 것이었다. 부드럽게 만지는 그 손길에서 알 수 없는 향기가 스며 나오는 듯했다. 그때 불현듯 아버지의 모습이 빗줄기 사이로 스쳐 지나갔다. 가망 없는 병고에 시달리던 아버지도 흰 머리카락을 뽑아 주는 딸의 손길에서 피어나는 향기를 맡고 싶었던 건 아니었을까.

거울을 치우고 책상 바닥에 붙어 있는 흰 머리카락을 닦아낸다. 언제 또 딸이 오면 내 시선이 닿지 않는 부분의 흰 머리카락을 뽑아 달라고 해야겠다. 나이가 늘어가

면서 따뜻한 손길에 대한 기다림도 늘어만 간다. 예전에
아버지가 나를 붙들어 앉히고 흰 머리카락을 뽑게 한 것
처럼.

멸치를 다듬으며

초라한 아침 식탁 앞에 앉은 남편이 수저를 들다 말고 한마디 던졌다.

"멸치라도 좀 볶지 그래. 멸치가 영양이 좋은데 말야."

한가해진 낮에 그 말이 생각나 냉동실 문을 연다. 멸치 상자를 꺼내 적당한 양을 덜어낸다. 식탁 위에 멸치가 수북하다. 다듬어서 볶음도 하고, 두었다가 맛국물도 내고….

굵기가 아기의 엄지손가락만 한 것도 있고, 새끼손가락만 한 것도 있다. 모두가 바다 물살을 자유롭게 가르며 유영하던 것들이 지금은 완전 동작 그만 상태다. 그런데 신기하게도 전부 흰 눈동자만은 또렷하다. 뭘 꿈꾸다가 잡혔기에 전신이 말라비틀어진 지금도 눈을 감지 못하는 걸까. 멀뚱하게 뜨고 있는 멸치의 눈이 젊은 꿈을 채 피우지 못하고 생을 마감했다는 삼촌의 눈을 불러낸다.

사진으로도 보지 못한 삼촌이다. 언젠가 어머니로부터 삼촌 이야기를 들었을 따름이다. 아버지 혈육이라고는 고모 한 분뿐이어서 삼촌과 사촌이 있는 친구들을 늘 부러워하며 지냈다. 뜻밖의 삼촌에 대한 이야기는 나를 더욱 안타까움에 젖게 했다.

내가 태어나기 십 년 전, 육이오전쟁 때라 했다. 안강 전투에서 우리 마을이 위태로워지자 온 식구가 위험한 고비를 넘겼다는 모아리 고모네 집으로 피난을 갔단다. 하루는 고모가 반찬을 만들려고 그동안 아껴 두었던 멸치를 꺼내 다듬고 있었는데 옆에 있던 삼촌이 멸치를 몇 마리 집어먹었다. 그러자 고모가 귀한 멸치를 군입으로 먹으면 되느냐고 야단을 쳤다.

멸치의 머리를 떼고 반으로 갈라 내장을 빼낸다. '멸치도 창자는 있다.'는 우리 속담이 생각난다. 창자가 작아서 그런가. 까만 부분의 어디가 창자인지 분간하기 어렵다. 삼촌도 어쩌면 멸치같이 창자가 작았는지도 모른다.

야단을 맞은 삼촌은 그 길로 밖으로 나가 또래들과 어울려 강변으로 갔다. 강변에는 조약돌에 섞여 전쟁이 흩어 놓은 흔적들이 나뒹굴고 있었다. 탄피, 총알, 수류탄…. 삼촌 일행은 수류탄을 주워 가지고 놀다가 한 친구가 돌로 두드리자 그만 폭발해 버렸다. 떼를 지어 헤엄쳐 다니던 멸치가 완전 동작 멈춤이 되었듯 젊은이 몇이 한꺼번에 화를 입었다. 멸치 몇 마리를 먹고 나간 삼촌이 마른 멸치와 같은 신세가 되고 만 것이다.

다듬은 멸치 한 마리를 입에 넣는다. 씹기도 전에 싸한 바다 냄새가 입 안에 감돈다. 자근자근 씹기 시작한다. 비릿하면서 간간하고, 구수하면서 달금하다. 목구멍에 넘기고 나서도 맛의 여운은 짙고 길다. 멸치에서 발산되는 맛의 지배력과 지속력이 놀랍다. 짙푸른 바다의 깊고 넓은 기운이 조그만 멸치의 몸에 이토록 진하게 배어 있다니.

멸치는 다른 생선에 비해 볼품없고 좀스럽다. 멸치도 생선이냐는 수모를 당하기도 한다. 그러나 그 어떤 생선에 못지않은 진가를 발휘한다. 커다란 상어나 고래가 할 수 없는 그만의 특유한 역할을 해낸다.

작은 체구로도 넓은 바다를 호흡하며 신명나게 앞길을 헤쳐 가는 길목에 드리운 그물에 걸려 지금 식탁 위에 빳빳이 마른 몸으로 쌓여 있는 멸치. 무슨 원한이나 품고 있는 듯 희멀겋게 뜬 멸치의 눈에서 짧은 생애를 전쟁이 남긴 그물에 앗겨버린 삼촌의 하소연을 들으려 귀를 모은다.

해쓱한 모습의 삼촌이 상기된 얼굴로 무어라곤가 부르짖고 있다. 젊으나 젊은 목숨을 허망하게 빼앗아간 전쟁을 원망하고 있는 걸까, 넓으나 넓은 세상에 나가 맘껏 펼칠 꿈을 송두리째 잃은 억울함을 호소하고 있는 걸까, 윤곽도 뚜렷하지 않은 삼촌이 눈앞에서 소리치고 있다.

살아 있다면 팔순이 가까워 눈은 침침하고 허리는 구부정할 것이다. 몸이 노쇠하면 어떠랴. 작은아버지가 있다는 자체만으로 가슴 한편이 따뜻할 텐데…. 그리고 사촌들이 있어 가까이 지낸다면 내 삶이 한결 풍성할는지도 모른다.

멸치 다듬기가 끝나 간다. 큰 것은 국이나 찌개를 끓일 때 쓸 요량으로 보관하고, 작은 것은 프라이팬에 볶아 낸다. 붉은 양념으로 버무린 멸치볶음이 그릇에 오보록하다. 이만하면 한동안 밑반찬 걱정이 줄어들겠다.

지금은 멸치가 흔전만전한 세상이다. 멸치 상자를 통째 내다 먹은들 그걸 탓하는 사람은 아마 없을 것이다. 삼촌의 죽음이 멸치보다도 못하다는 생각이 퍼뜩 스친다. 고모가 살던 동네 앞 강가에는 지금도 결 좋은 조약돌이 지천이겠지. 그리고 남쪽 어느 해역에서는 그물을 피한 멸치 떼가 지느러미를 세우고 꼬리를 흔들며 기세 좋게 헤엄치고 있으리라.

푸른 셔츠를 걸친 젊은이가 자그락자그락 조약돌을 밟으며 강가를 거니는 모습이 창밖 햇살 너머에서 가물거린다.

가시

왼손으로 오른손 손가락 살결을 조심스럽게 쓰다듬어 본다. 아프지 않다. 왼손 손가락 끝에 힘을 주어 쓸어내린다. 찌릿찌릿 신경을 거슬리던 느낌도 없어졌다. 신기한 노릇이다. 손가락에 박혔던 가시가 자연 소멸되기라도 한 걸까?

얼마 전 베란다의 화분을 정리하면서였다. 선인장에 덥석 손을 대고 말았다. 나를 침략자로 오인하고 공격한 것일까. 벌레가 알을 슬듯이 내 오른손 손가락 여기저기 가시를 슬어 놓았다. 따끔거리는 가시를 남김없이 뽑아낼 수는 없었다. 워낙 작은 데다가 색깔이 살갗과 구별되지 않아 바늘이나 족집게로도 불가능했다. 그렇다고 병원에 가야할 만큼 심한 건 아니었다. 건드리면 쑤시고 신경이 거슬리지만 참아 보는 수밖에 도리가 없었다.

선인장과 함께한 세월을 헤아려 본다. 셋방살이를 옮겨 다니던 신혼 시절, 나는 선인장이 좋았다. 물을 가끔 한 번씩 주면 되고, 볼품없는 형체에 비해 꽃은 화려하고 아름다웠다. 길을 가다가도 선인장이 눈에 띄면 반가워 들여다보곤 했다. 새순을 얻어 키울 수 없을까 궁리도 했다.

그러다 화초를 많이 기르는 집에 세를 들었다. 주인집 아주머니는 무척 부지런했다. 매일 새벽이면 마당을 깨끗이 쓸었고, 화단에 그득한 갖가지 화초에도 정성을 다했다. 인정도 남달랐다. 내가 선인장에 관심을 보이자 엄마 등에 업힌 아기 같은 싹을 떼어내 주며 키워 보라고 했다. 그것을 심은 지 어림잡아 삼십 년. 키는 내 무릎에 이를 정도요, 몸피는 내 허벅지를 웃도는데 그동안 꽃 한 번 피우지 않더니 이제 나에게 덤벼들기까지….

선인장 화분을 들고 아파트 화단으로 나갔다. 화분을 쏟아 붓고 선인장을 바르게 심으려고 해보았지만 가시를 들이대는 바람에 손을 떼고 말았다. 눕힌 그대로 뿌리에 흙을 덮어 주었다.

그날 이후로 그곳을 지날 때면 선인장에 눈이 가곤 했다. 누워 있어서 휴식을 취하는 양 편안해 보이기도 하고, 사지육신이 병든 양 애처로워 보이기도 했다. 때로는 일으켜 곧게 세워 주고 싶은 마음이 일기도 했으나 그 표독스러운 가시 때문에 가까이하고 싶지 않았다.

다가오는 손길을 거부하고 버려져 누워 있는 선인장에서 사춘기 무렵 딸아이의 모습을 떠올렸다. 현실에 대한 불만이나 가족 간 갈등이 불거지면 공부 안 하겠다며 제 방에 누워서 꼼짝을 안 했다. 방문과 창문을 잠그고 커튼도 내렸다. 애를 태우다가 마음을 달래는 편지를 써서 창문 틈으로 밀어넣어 주었다. 그러면 얼마 있다가 먹구름 사이로 내민 햇살같이 밝게 웃는 얼굴을 내보이곤 했다.

그때 아이는 힘든 환경을 견디는 방법으로 온 몸에 독가시를 품었던 게 아닐까. 아이가 입버릇처럼 말하던 질풍노도의 시기를 헤쳐 가는 방편이었는지도 모른다. 선인장도 아마 제 안에 쌓이고 쌓인 괴로움을 뾰족뾰족한 가시로 드러낸 것이리라.

가시는 아이나 선인장뿐만 아니라 내게도 무수히 있

다. 설움의 가시, 아픔의 가시, 분노의 가시, 질투의 가시, 우둔의 가시…. 이들을 적절히 통제하지 못해 주위 사람을 콕콕 찔러대기 일쑤였다. 딸아이인들 나의 그 겨냥에서 벗어났을 리가 없다.

가시의 힘이었는지 딸아이는 큰 탈 없이 사춘기를 지냈다. 지금은 일자리를 얻기 위해 공부의 울타리에 갇혀 있지만 날카로운 속내를 드러내는 일은 좀체 없다.

외출했다가 돌아오면서 보니 화단에 누워 있던 선인장이 없어졌다. 잘못 보았나 하고 내 눈을 의심했다. 차분히 살펴보아도 마찬가지였다. 휑한 자리에는 쓸쓸한 그늘 한 자락이 머물고 있었다. 주변을 둘러보았다. 짧게 깎인 잔디가 가지런히 푸르다. 잔디를 손질하면서 찔릴까봐 치워 버린 건가. 아니라면 오래전 선인장을 좋아했던 나처럼 누군가 키우려고 가져갔는지도 모른다. 그래도 나와 삼십 년 지기였는데 어디서든 좋은 인연을 다시 맺었으면 싶다.

내 손가락에 박혀 있던 가시도 이제 흔적을 찾을 수가 없다. 가시도 내 몸의 일부가 되었나 보다. 우리는 저마다 나름의 가시를 품고 살아간다. 서로 찌르기도 하고 찔리기도 하며 어울려 삶을 영위한다.

전화벨이 울린다. 일어나 전화를 받는다. 멀리서 지내고 있는 딸아이의 음성을 들으며 내다보는 창밖에 햇살이 밝고 따스하다.

작은오빠

조카가 신혼여행에서 돌아온 날이었다. 문단文壇 행사에 참석했다가 날이 저물어서야 작은오빠 집에 갔다. 조카 부부는 손님을 배웅하러 나가고 없었다. 오빠와 올케가 반가이 맞아주었다.

미리 차려놓은 음식을 먹으면서 오빠와 대화를 나누었다. 올케는 주방에 드나들며 저녁밥과 국을 날라주었다. 오빠는 그동안 쌓인 이야기를 풀어놓았다. 형제간의 불협화음이 입에 오르자 주방에서 올케가 한마디 끼어들었다.

"먼 일가보다 이웃이 낫다. 제각각 살면 된다."

오빠는 하던 말을 중단하고 슬쩍 올케를 돌아보며,

"저 사람 요즘 와일드해졌다."

한마디 하고는 헛헛이 웃어 넘겼다. 내 눈엔 그런 오빠가 어쩐지 낯설었다.

젊은 시절 오빠는 유난히 참을성이 없었다. 끼니때가 되면 금세 밥을 차려주어야 했다. 조금만 기다리게 했다가는 성깔이 빗발쳤다. 잔심부름은 왜 그리 시키던지. 충분히 스스로 할 수 있는 일에도 바로 아래 동생인 나를 불렀다. 빌려온 책 읽는 재미에 선뜻 일어서지 않으면 버럭 소리를 지르기도 했다.

상을 물리고 오빠 부부와 앉아 이야기를 하고 있는데 조카 부부가 들어와 절을 했다. 조금 뒤 볼일이 있다며 다시 나가려고 하자 오빠는 올케를 향해,

"당신이 갓 시집왔을 때는 꼼짝 않고 방안에 앉아서 방문이 열릴 때마다 일어서야 했는데…."

하면서도 조카에게는,

"볼일이 있으면 나갔다 오너라." 했다.

허락을 받고 나가는 조카 부부를 보며 삼십 년 세월의 힘을 실감했다. 물처럼 흐르는 세월 속에서 몽돌처럼 원만해진 오빠를 새삼스럽게 느꼈다.

집으로 오는 버스 시간에 맞춰 일어섰다. 늦은 밤길에 혼자 보내기 안심이 되지 않았는지 오빠가 따라나섰다. 버스 타는 곳까지 함께 걸으며 자녀들에 대해 자상하게 조언해 주었다. 가슴 밑바닥에서 따뜻한 기운이 꿈틀거렸다.

정류장에 도착하자 지갑을 꺼내더니 만 원 한 장을 꺼내어 차비하라며 내밀었다. 교통카드를 내보이며 물리쳤으나 "그래도, 그래도…"를 거듭하며 거두지 않는 바람에 받았다.

버스에 올라 차창 밖의 오빠를 보았다. 키는 훌쩍 크고 몸피는 비쩍 말랐다. 어릴 때에도 오빠는 몸이 약했다. 늘 영양제를 복용하며 자랐다. 벽장에 넣어두고 오빠만 먹게 하는 원기소를 아무도 몰래 먹어보기도 했다.

그런 오빠가 결혼하고 나서부터 부쩍 살이 쪘었다.

"오빠! 살이 빠졌네. 인플랜트 하느라 그래?"

"그보다도 요새 일이 바빠서 밤 10시라야 마친다. 휴일인 어제도 쉬지 못했어."

시골에서 밭을 맬 때면 한 고랑도 못 채우고 그만두던 오빠가 새벽부터 밤늦게까지 일터에서 땀 흘린다는 사실이 놀랍기조차 했다.

버스는 들 가운데로 난 길을 부지런히 달린다. 초등학교 시절 단체 영화 관람을 할 때면 저 들판길을 걸어서 읍내까지 가야 했다. 끝없이 펼쳐진 들길을 걷다가 상급생인 오빠와 마주치는 일이 더러 있었다. 그때마다 오빠는 그냥 지나치지 않았다. 내 손에 동전 한 닢을 꼭 쥐어 주었다. 오빠가 준 동전으로 여름에는 아이스케이크로 더위를 달래고, 겨울에는 호빵으로 추위를 녹일 수 있었다.

작은오빠는 형제 중 가장 욕심이 없었다. 밖에 나갔다 돌아오면 주머니의 남은 돈을 몽땅 털어 내놓았다. 그런 오빠가 지금 형제 중 가장 여유롭게 살고 있다. 무욕無慾이 빚은 아이러니일까? 아니 하나를 비워 여럿을 채우는 삶의 조화일는지도 모른다.

오빠를 본받아 욕심부리지 않고 성실히 일한 조카는 결혼 전에 집을 장만했다고 한다. 이제 덕성스러운 신부를 맞았으니 새살림을 꾸밀 일만 남았다. 신혼집이 갖추어지면 머잖아 초대하겠다고 했다. 밝고 푸른 꿈이 자라날 보금자리를 눈앞에 그리자 입가에는 흐뭇한 미소가 번졌다.

생각에서 깨어 차창 밖을 보니 버스는 고향 마을 앞을 지나고 있었다. 마을 어귀 산자락에 숲을 이루어 피어 있는 아카시아꽃. 해마다 이즈음이면 맑은 향기로 활기를 주던 꽃이었다. 달빛을 받아 더욱 하얀 아카시아꽃이 아름답기 그지없다. 창문을 조금 열자 아카시아 그윽한 꽃향기가 스며왔다.

내 손에는 아직도 만 원짜리 지폐가 쥐어 있다. 조금 전 나를 배웅해 주던 오빠의 얼굴이 떠올랐다. 은근히 우러나는 작은오빠의 정情이 아카시아 꽃향기처럼 은은한 밤이었다.

불길

　삼월, 꽃샘추위다. 바람이 윙윙 소리를 낸다. 거실 창
가에 서서 밖을 바라본다. 앞산 봉우리가 헐벗은 채 엎디
어 있다. 지난번 산불에 타다만 나무의 거뭇거뭇한 피부
가 아직 다 회복되지 않았다. 어머니의 가슴에 난 상처
자국 같다.

　이태 전 이맘때다. 경주에 모임이 있어 다녀온 뒤였다.
어디선가 연기냄새가 나는 듯했다. 가스레인지를 확인했
다. 잠겨 있다. 집 안 구석구석을 살펴보아도 이상한 점
을 발견할 수 없었다. 바로 그때 아파트 관리실에서 안내
방송이 흘러나왔다.

"산불이 났으니 대피 준비를 하시기 바랍니다."

얼른 창가로 가서 밖을 내다보았다. 평소 푸른 경치에 마음의 피로를 씻던 앞산이 거센 불길에 휩싸여 있었다. 산과 우리 아파트 사이에는 편도 2차선 도로가 있을 뿐이다. 다급한 음성이 계속 이어졌다.

"위급한 상황입니다. 소방차가 들어올 수 있게 차량을 다 이동시켜 주시기 바랍니다."

우리 아파트로 불길이 금방 옮겨 붙을 것처럼 불안하기도 하고 '설마 내 집이야 괜찮겠지' 하는 위안도 겹쳤다. 주민들이 몰려나가 소방 호스로 화단의 큰 나무와 건물 외벽에 물을 뿌렸다. 불길의 습격을 한 겹이라도 차단하려는 비상수단이었다.

산에선 소방차가 물을 뿜어대고, 소방헬기가 물을 쏟아부어 가까스로 불길을 잡았다. 밖에서 웅성거리던 주민들도 하나둘 사라져 아파트는 평상시의 모습을 되찾았다. 눈에 띄게 달라져 버린 앞산, 꺼멓게 타버린 산은 탈진한 곰처럼 웅크리고 있었다. 스러진 산불의 영상 뒤로 또 다른 불길이 떠올랐다.

그해 정월 대보름 무렵, 나와 동생이 몇 살이었는지 어슴푸레하다. 세 살 터울의 동생이 쥐불놀이를 하다가 불을 냈다. 짚동에 튄 불똥이 사랑채 처마에 옮겨 붙고 다시 마당을 가로질러 제법 떨어져 있는 헛간 지붕에까지 날아가 기세를 떨쳤다.

당시 시골에는 수도 시설이 없었다. 우물이 없는 우리 집은 공동 우물을 이용했다. '불이야!' 외침을 들은 동네 사람들은 모두 나와서 가까운 이웃집 우물물을 길어다 한마음으로 불길을 껐다. 마을 사람들이 불길을 잡으려고 물동이를 이고 지고 허둥대며 사립문을 오가던 온정의 발길이 아직도 눈에 선하다.

동생은 불이 나자 겁에 질려 도망을 갔다. 다행히 안채에는 불길이 덤벼들지 않았다. 잠잠해지자 집에 돌아온 동생은 가족들의 눈치를 살폈다. 어른들은 야단을 치는 대신 철부지 아들의 놀란 가슴을 다독거렸다. 그 뒤부터 동생은 쥐불놀이를 하지 않았던 것 같다. 부엌에 무심코 들어섰다가도 아궁이에서 활활 타는 불을 보고는 흠칫 놀라곤 했다. 중학생이 될 때까지 담뱃불도 무서웠는지 '어른이 되어도 담배를 피우지 않겠다.'고 공언할 정도였다. 그런 동생의 삶에는 액운의 불길이 그림자처럼 따라다녔다.

공고 건축과를 졸업한 동생은 공대에 합격하고도 어머니 홀로 농사를 짓는 어려운 형편 때문에 등록하지 못했다. 그에 굴하지 않고 건축설계사무소에 다니며 야간 대학을 졸업하고 건설회사에 취직했다. 몇 년 동안 성실히 일하여 현장 소장을 지내기도 했다.

그러나 얼마 지나지 않아 IMF 경제위기가 다니던 회사를 쓰러뜨려 실직자가 되고 말았다. 먹고 살 길이 막막해진 동생은 산지에서 사과를 받아 트럭에 싣고 팔러 다니기도 하고, 매형 공장에서 일을 거들기도 했다. 동생의 앞길을 불길이 자주 가로막았다. 아등바등 일으켜 세우면 불길에 소진되곤 했다. 동생에게 행운의 불길이 활활 타오르면 좋으련만…. 동생은 지금 공인중개사가 되어 아내와 함께 개업공인중개사를 하고 있지만 여전히 살기가 힘든 모양이다.

이태 전 산불은 중학생들이 용흥동 탑산에서 라이터로 나뭇잎에 불을 붙이는 장난을 하다가 불씨가 옮겨 붙어 일어났다고 한다. 불은 건조한 날씨에 강풍을 타고 삽시간에 2Km 가량 떨어진 내가 사는 아파트 앞 야산까지 불길이 번졌다는 것이다.

산불로 훼손된 민둥산을 복원하려면 50년, 100년이 걸리지만, 완전한 복구는 불가능하다고 한다. 산이 그러하듯, 우리네 삶도 한번 액운의 불길에 휩쓸리면 고초가 이만저만이 아니다.

검게 탄 나무들 가운데서 불길을 이기고 꿋꿋하게 서 있는 나무가 가상하다. 이제 얼마 안 있으면 봄물이 올라가지마다 파릇파릇 새순이 돋을 것이다. 산을 푸르고 아름답게 하리라. 그 끈질긴 생명력이 신비롭다.

동생이 오래 전에 보내온 문자메시지를 다시 열어본다.

"누나, 엄마 아주아주 보고 싶다. 나 혼자 너무너무 외롭고 괴롭다."

생명의 불길이 사그라진 어머니가 니도 그립다. 그때는 뭐라고 답했는지 잊었지만 나는 마음속으로 새로이 답장을 쓴다.

'외로움과 괴로움의 잿개비는 꽃샘바람에 쓸려가 버리

고, 기쁨과 즐거움의 불길이 산들바람을 타고 일어날 거야.'

앞산 나무가 생명의 숨길을 틔워 올리듯이, 우리들 삶도 희망의 불길을 피워 올리기를 꿈꾼다.

때깔도 좋다

'먹고 죽은 귀신은 때깔도 좋다.'는 말이 있다. 이보다 더 먹는 것의 중요성을 잘 나타낸 말이 있을까. 먹는 것의 귀중함을 모르는 사람은 아마도 없을 것이다.

다 알다시피 인간 생활의 3대 기본 요소는 의·식·주衣食住다. 그 중에서도 식食이 첫째일 것이다. 좋은 집과 비단 옷이라도 배고프면 무슨 소용일까. 찌그러진 집에 남루한 옷차림일망정 배부른 상태라면 비참함은 가시고 얼굴빛은 환해질 것이다.

일전 남편이 병문안을 다녀와서 한 말이다. 환자에게 '먹으면 산다.'고 했단다. 아주 효과 만점인 말이 아닐까 싶다. 정상인은 물론이거니와 환자에게도 먹는 게 최우

선일 것이다. 위급 환자의 링거주사도 먹는 대용이 아니던가.

살아가는 데서 먹는 일을 빼놓을 수 없다. 갓 태어나 어머니 젖을 빠는 일부터 목숨이 다하는 날까지 먹는 일의 연속일 테니 말이다. 먹지 않고 되는 일이 어디 있던가. 먹는 일을 뒷전으로 하고 돈독한 정을 쌓은 경우는 드물 것이다.

"먹으면서 생기는 정도 있어."라고 한 다정한 언니가 있다. 언니는 종종 갖은 음식 솜씨를 부렸다. 약밥, 찰떡, 홍어무침을 비롯해 피자, 양념통닭, 아구찜… 못하는 요리가 없었다. 누군가를 청할 때는 밤을 새워 정성들여 만든 음식을 푸짐하게 차려냈다. 맛있는 음식을 만들 때마다 나를 불러 주어 내 입이 호사를 누리곤 했다. 돌아오는 길은 여러 가지 먹을 것으로 팔이 무겁던 그 정을 나는 잊지 못하고 있다.

나에게 콤플렉스가 있다면 음식을 자신 있게 만들어 내 놓을 수 없다는 점도 포함된다. 요리 강습을 다닌 적도 없고, 시골에서 엄마 어깨너머로 배운 재주가 전부다. 그러니 요리 솜씨로 환심을 산다거나 도타운 정을 구하기가 힘들다. 언젠가는 맛있는 음식을 만들어 내가 받아먹은 보답을 할 수 있었으면 좋겠다.

"많이 먹고 힘내야…" 마지막 말을 남겼다는 어머니. 뭐가 그리 급했던지 않는 모습도 보여주지 않고 먹지 못하는 세상으로 가버렸다. 어머니를 외가 동네 산자락에 뉘이고 온 다음날이었다. 남편과 의견 충돌이 있었다. 슬픈 마음에 불을 지핀 격이 되어 어머니가 홀로 지내던 고향집으로 갔다. 어머니 생전의 슬픔이 눅진하게 배인 방에 서러움이 짙은 내 몸을 들여놓았다.

밤이 되자 이불이 없어 웅크리고 누워 바지를 조금 내려 발을 덮었다. 바람이 불자 방문이 덜커덩 열렸다. 두려움이 엄습했으나 가까스로 물리쳤다. 어머니가 60년이 넘게 살을 맞대던 방. 만약 어머니의 영혼이 지켜보고 있다면 나를 위험에 빠뜨리지 않으리라는 믿음에서 무서움을 누그러뜨릴 수 있었다. 방문이 열리면 닫고 다시 눈을 감았다. 음력 유월이라 춥지 않아 다행이었다. 그렇게 물한 모금 마시지 않고 이틀 밤인가를 보냈다.

오빠가 어찌 알고 와서 방문 밖에서 부르는 소리가 들렸다. "숙아! 엄마 산소에 가자." 벌떡 일어나 나섰다. 어머니 산소에 참배를 마치고 오빠 집으로 따라갔다. 사나흘을 굶은 몸은 녹초가 되다시피 했다. 올케가 찰진 밥과 된장찌개를 끓여 밥상을 차렸다. 그 입안에 감겨들던 맛은 지금까지 내가 먹은 된장찌개 중에서 단연 최고의 맛으로 기억된다.

다 시들어가는 풀 같던 내 몸이 파릇파릇 생기가 돌기 시작했다. 밥 먹은 힘 덕분일까. 그때 문득 스쳐가는 생각이 있었다. '먹고 죽은 귀신은 때깔도 좋다.'가 공연히 생긴 말은 아니었구나!

배가 채워지자 마음에도 여유가 찾아왔다. 조금 전까지 이해되지 않고 섭섭했던 감정들이 온데간데없이 스러져간 것이다. 가벼워진 발걸음을 내 집으로 옮길 수 있었다.

누구나 맛있게 감사하며 먹을 일이다. 먹고 죽은 귀신도 때깔이 좋다는데 하물며 살아있는 사람에게서랴! 식욕이 돋아나는 이 봄날! 봄나물도 먹고, 봄바람도 마시고, 봄꽃향기도 맡고, 그러노라면 때깔이 좋아 삶의 빛깔은 더욱 반짝이게 되리라.

혼자 있기 좋은 방

여남은 살 무렵이었을까. 우리 집에서 벽돌을 찍어 말리기 시작했다. 마당은 물론 대문 밖 길과 밭머리에서도 벽돌을 말렸다. 그 벽돌로 마당 한편에 창고를 지었다. 슬레이트 지붕을 이은 창고는 안채나 사랑채보다 덩그러니 컸다. 창고는 두 칸이었다. 한 칸은 천장이 보이는 텅 빈 공간으로 두었지만 다른 한 칸에는 다락을 만들었다. 다락에다 장판지를 깔아 방의 모양을 갖추었다.

비스듬한 계단을 조심스럽게 밟고 다락방에 올라가면 어두컴컴하였다. 창고 바깥 오솔길 쪽 벽에 작은 창문이 있었지만 도화지 두어 장 크기밖에 되지 않았다. 그래서 한낮에도 어두컴컴했다. 그 다락방은 앉을 수는 있어도

서 있을 수는 없어 늘 허리를 굽혀야 했다. 높은 곳에 위치해 있었지만 항상 낮은 자세를 요구했다.

그곳은 꿈꾸는 아이의 은신처였다. 아무도 몰래 다락방에 오르면 고요히 잠들어 있던 정적이 깨어났다. 엉거주춤 더듬는 눈길에 희미한 빛의 조각이 비껴들었다. 그빛에 의해 흐릿하던 물체가 서서히 살아났다. 나는 그 오묘한 분위기에 스르르 빨려 들었다.

다락에는 온갖 잡동사니가 쌓여 갔다. 자주 사용하지 않는 살림 도구, 차마 버리지 못한 식구들의 옷가지, 학년이 바뀐 교과서, 가끔은 귀한 음식 상자도 다락방에 올려 두었다. 잔치나 명절, 제사 뒤에는 다락방에서 유과나 과일을 맛볼 수 있었다.

내 방이 따로 없던 나는 다락방에 자주 올랐다. 물건들을 한쪽으로 치우고 깨끗이 쓸고 닦아 나만의 세계로 삼았다. 내게 다른 것은 필요 없었다. 작은 창 쪽에 머리를 두고 재미있는 책을 읽기만 하면 더 바랄 것이 없었다. 읽을 만한 책이 손에 잡히면 서둘러 그곳에 올랐다. 때로는 책을 읽다가 잠이 들기도 했다. 그 다락방은 갑갑하고 침침했지만 누구의 간섭도 받지 않는 나만의 공간이었다. 거기서 나는 상상의 무한궤도를 마음껏 달리곤 했다.

지금 사는 아파트에 이사 올 무렵이었다. 식구는 넷인데 방은 셋뿐이었다. 남편이 안방을 차지하고 아이 둘이 각자 방 하나씩을 차지하고 나니 나만 혼자 있을 방이 없었다.

다행히 아들방의 유리문 밖에 협소한 공간이 있었다. 한두 사람이 누우면 꽉 찰 정도의 공간이었다. 그 공간을 나의 몫으로 정했다. 양쪽 벽에다 책장을 맞춰 넣어 나의 방이라는 표시로 삼았다. 그러나 난방이 되지 않는 맨바닥이어서 방의 역할을 제대로 할 수는 없었다. 그 방에서 사철 지내기는 무리였다.

딸아이가 먼 도시로 나가 살게 되면서 딸의 방이 내 차지가 되었다. 딸아이가 쓰던 책상에는 내 전용 컴퓨터가 놓이고, 책꽂이에는 내 손에 익은 책들을 꽂았으며, 앉은뱅이 상에는 전기스탠드와 필기 용구를 올려놓았다. 나 혼자 있기에 충분히 좋은 방이 되었다.

이 방도 뒤쪽이라 어둠침침하다. 베란다 쪽으로 창이 나 있지만 청명한 날에도 햇빛이 온전히 들어오지 않는다. 어쩔 수 없이 필요한 물건들을 챙겨 들고 거실로 나간다. 가족이 출근한 뒤의 밝게 트인 거실이 혼자 있기 좋은 방으로 탈바꿈한다.

거실에 어둠이 스며들기 시작하는 저녁이면 상황은 달라진다. 식구들이 돌아와서 내는 발소리, 말소리, 텔레비전 소리가 들리면 거실은 이미 혼자 있기 좋은 방이 아니다. 아침에 가지고 나간 물건을 주섬주섬 거두어 낮 동안 적막에 싸여 있던 내 방으로 찾아든다.

내 방은 비록 눈부신 햇살을 양껏 받지 못해 눅눅한 기운에 젖어 있는 듯한 공간이지만, 서고 싶으면 서고, 앉고 싶으면 앉고, 눕고 싶으면 눕고, 인터넷을 하고 싶으면 하고, 책을 읽고 싶으면 읽고, 글을 쓰고 싶으면 끼적거리며 맘껏 상상의 날개를 펼 수 있는 나만의 신성한 영역이다. 초저녁이든 한밤중이든 새벽녘이든 언제든 내가 원하는 시간에 잠을 청하면 되고, 밤중에 잠이 깨어 일어나 불을 켜도 눈치를 살필 필요가 없다. 내 안에는 아직도 어릴 적 무한궤도를 달리던 다락방의 꿈이 살아 있는 걸까.

사람들은 누구나 자기만의 방 하나를 소유하기 위해 사는지도 모른다. 어떤 이는 태어나면서부터 여러 개의 방을 갖기도 하고, 어떤 이는 평생 방 한 칸 갖지 못해 허덕이기도 한다. 그렇다고 많고 적고나, 있고 없고가 그 삶의 가치를 달라지게 하진 않을 것이다.

　나는 애당초 여러 개의 방도, 크고 으리으리한 방도 갖고 싶은 욕심 따위는 없었다. 비록 작고 옹색한 공간이지만 혼자 있기 좋은 방을 가진 것을 조촐한 행복으로 여긴다.

부끄러움

경주에 평수가 작고 낡은 집이 있었다. 아버지가 부은 곗돈을 타지 못한 대신 떠맡은 허름한 집이었다. 방 두 개는 세를 주고, 방 하나에 병든 아버지가 기거起居하셨다. 일이 많은 시골집을 떠나 요양 삼아 한가하게 지내신 듯하다.

내가 몇 살 때였는지 어렴풋하다. 아마 취학 무렵이었지 싶다. 아버지 계시는 경주 집에 갔다. 세놓은 방들에도 내 또래의 여자아이들이 있었다. 자연히 그 아이들과 어울려서 놀았다.

외출했다가 돌아와 보니 아이들이 손목마다 신기한 장난감 시계를 차고 있었다. 내 두 눈동자는 부러움에 반짝거렸다. 웬 거냐고 묻기도 전에 한 아이가 문간방 꼬마의 삼촌이 사 주었다고 자랑스레 말했다. 나도 얼핏 본 적이 있는 훤칠한 멋쟁이 삼촌이었다. '하필 내가 없을 때 사 줄 게 뭐람.'

그러나 행운이 나만 저버리지는 않았다. 얼마 뒤 마당 가에서 우리와 마주친 삼촌이 나를 향해 "너도 사 줄까." 물었다. 앞뒤 재어 볼 새도 없이 "네"라고 대답했다. 삼촌을 따라 가게에 가서 똑같은 시계를 골라잡았다.

시계를 가진 기쁨을 채 누리기도 전이다. 아이들이 나 몰래 소곤거리는 소리를 들었다. "우리는 안 갖겠다고 해도 삼촌이 억지로 사 주었는데 쟤는 금방 사 달라고 하더라."는. 그 속닥거림은, 장난감 시계를 갖게 되어 팽팽히 부풀어 올랐던 가슴의 똑딱거림을 일시에 멈추게 하고 말았다. 예의와 염치를 차릴 줄 알았던 그 아이들에 비해 오로지 같은 것을 갖고 싶은 욕심만 앞세웠던 나의 부끄러움이 아득히 잠든 시간 속에서 눈을 뜬다.

동네에서 부자로 손꼽는 경이네 집은 대문에 들어서면 넓은 마당이 나오고, 계단에 올라가면 사랑채와 연결된 안대문이 또 있었다. 특히나 선인장 꽃이 예쁘게 피어 있던 아담한 정원을 지나서 다시 계단을 오르면 안채가 나타났다. 가운데가 대청인 왼쪽에 정자를 닮은 경이 방이 있었다. 명절이나 방학 때 이웃 양동마을에 사는 친구들이 오면 경이네 집에서 놀다 갔다. 내 방도 없고 내놓을 음식도 변변치 않은 우리 집에 놀러 오리고 할 수가 없었다.

경이가 양동에 놀러 갈 때는 나더러 같이 가자고 했다. 양동마을 서백당書百堂의 영, 희, 숙, 다 공부 잘하고 번듯한 기와집에서 살았다. 공부도 잘 못하고 초가집에 사는 나는 주머니에 넣은 돌멩이처럼 감추려야 감출 수 없는 부끄러움을 느끼곤 했다.

내 부끄러움이 어디 그뿐일까. 여고 2학년 때였다. 가정 과목에 예절 교육을 받는 시간이 있었다. 몇 명이 한 조가 되어 며칠간의 합숙을 거쳐 마지막 날에는 어머니들을 모시고 배운 솜씨를 선보였다.

시골에서 농사를 짓다 올라온 어머니의 얼굴은 검게 그을리고 야윈 데다 밤길에 넘어져 생긴 흉터마저 도드라졌다. 도시에서 곱게 단장하고 나타난 친구의 어머니들과 단번에 비교가 되어 부끄러움이 일었다. 그 부끄러워하는 티를 내지 않으려다 보니 몸가짐은 바르게 했는지, 절은 제대로 했는지도 분간하지 못하고 예절 실습을 마쳤다.

내 살아온 날들은 부끄러움을 돌돌 말아 안으로만 가두다 보니 그늘지고 움츠린 세월이었지 싶다. 어릴 때부터 내 안에 가둔 부끄러움이 두꺼운 층을 이루어 살고 있어서인지, 지천명을 넘긴 지금도 불쑥불쑥 부끄러움은 아가미를 벌린다.

올 가을 문학기행을 가는 길이었다. 회원들이 차례로 인사와 소감을 나누는 시간이었다. 부끄러워 못하겠다고 사양하다가 기어코 시키는 바람에 무어라고 입을 벙긋거렸는지도 아득하다.

일정을 마치고 돌아오는 버스 안이었다. 노래방 기기가 켜지고 순서대로 노래를 불렀다. 손사래를 치다가 억지 춘향으로 노래를 부르고 나니, 자주 동행하는 여류 시인이 "진숙씨 이제 노래 잘 부르네."라 했다. 워낙 못하던 사람이라 한마디 추어주는 빈말일 텐데도 은근히 용기가 솟았다.

한 해가 저물고 새해가 밝아 오고 있다. 오랜 세월 동거해 온 부끄러움을 이제 와서 냉대하고 구박할 수는 없다. 낯가죽 두꺼운 사람들이 판치는 게 요즘 세상이라는데 조금만 마음에 걸려도 얼굴을 붉게 하고, 사람들 앞에만 서도 가슴이 떨리는 부끄러움은 내 삶의 청신호일는지도 모른다. 다가올 날들을 자유롭고 평온한 세계로 이끌어갈 향도일는지도 모른다.

인연

7월초 어느 날이었다. 언니한테서 전화가 왔다.

"15분 후에 현관 앞으로 나와."

"안 올라오고요?"

"나 바빠."

집에 있던 차림의 매무새를 가다듬고 1층 현관문 앞에 나가서 기다렸다. 돌돌돌 몰고 온 마티즈에서 내린 언니는 감자 한 박스, 양파 한 망, 오이, 상추, 살구 꾸러미를 내려 주고는 선걸음에 돌아갔다.

오이와 상추, 살구는 곧 먹어 치웠지만 양파와 감자는 양이 많아 제때 다 먹지 못해서 싹이 날 기미다.

언니를 처음 만난 날이 구름 걷히듯 떠오른다. 이십 년 전, 7월 말쯤이었다. 막 등산에 재미를 붙이던 시절이었다. 그날 산악회의 산행이 취소된 줄도 모르고 집합 장소에 간 나와 언니가 연분이 닿았다.

우리는 이왕 등산 준비를 하고 나왔으니 어디라도 가자는데 뜻을 모았다. 모처럼 기차를 타고 즐거운 마음으로 경주 남산에 다녀왔다. 그 뒤 언니는 나를 친자매 이상으로 알뜰살뜰 보살펴 주었다.

얼마 전 언니를 비롯하여 여자 다섯 명이 한 달에 한 번 산행하는 모임을 만들었다. 산에 가는 날이었다. 알람 시각보다 30분 일찍 일어나 감자를 깎아 삶았다. 언니가 준 감자를 언니와 한자리에서 먹을 수 있음이 더없이 흐뭇했다.

억새가 황금물결을 이루는 산길을 걸으며 언니가 건넨 말,

"숲 해설을 배우도록 해. 즐기면서 일하고 수입도 생기니 좋잖아. 처음엔 얼굴 빨개지고 어색해도 몇 번 해보면 잘할 수 있어."

"생각해 볼게요."

빼어난 말솜씨도 없고 뛰어난 사교성도 없어서 숲 해

설을 하고 다닐 만한 주변머리가 못 된다는 사실은 나도 알고, 언니도 안다. 그런데도 진정으로 나를 위해서 권유하는 말이라는 걸 알기에 선뜻 응낙하기도 어렵고, 거절하기도 조심스러웠다. 혈연도 아니면서 누가 이토록 정다이 챙겨 준다는 말인가.

오래 전 일이다. 중학교에 갓 입학한 아이가 공부는 뒷전이고 놀이에만 매달렸다. 보다 못한 아이 아빠가 심하게 야단을 치는 중이었다. 불만이 가득 차오른 아이가, "아빠하고 인연 끊으면 되잖아요." 했다.

곁에 있다가 화들짝 놀라고 말았다. 어리고 순진하게만 여기던 아이가 인연을 입에 올리다니. 그것도 순간적으로 기분 나쁘다고 해서 부자간 인연을 끊겠다니…. 그 정도로 하여 끊을 수 있는 인연이던가.

아무리 해도 끊을 수 없는 질긴 인연이 있고, 금방 가까워지고 금세 멀어질 수 있는 가벼운 인연도 있고, 필생의 노력을 다해도 맺지 못할 안타까운 인연도 있을 것이다. 부모 자식 간은 끊으려야 끊을 수 없는 인연이 아니던가. 아이가 무슨 의미를 알고 뱉은 말은 아니리라. 홧

김에 불쑥 토해낸 말이리라. 불에 덴 듯 놀란 가슴을 가까스로 쓸어내릴 수 있었다.

동양에 겁劫이라는 시간의 단위가 있다. 천지가 한 번 개벽하고 다음 개벽이 시작될 때까지의 시간을 뜻한다. 불교에서는 사람으로 태어나 함께 살게 되는 인연을 범상하게 보지 않는다. 같은 나라에 태어나는 것은 일천 겁, 하루 길을 동행하는 것은 이천 겁, 하룻밤 함께 묵는 것은 삼천 겁, 형제로 만나는 것은 구천 겁, 부모나 스승으로 모시게 되는 것은 일만 겁에 한 번의 확률이라고 한다. 이 얼마나 소중하게 새겨야 할 연줄인가. 우리는 몇천만 겁이 맺어준 인연을 너무도 소홀하고 낭비하며 살아가는 것은 아닐까.

통계청이 발표한 지난해 혼인 건수는 30만5천5백 건이고 이혼 건수는 11만5천5백 건이라고 한다. 3쌍 중 1쌍의 부부가 인연의 거울을 부숴 버린다는 것이다. 부부로 맺어지는 인연은 팔천 겁에 한 번이라는데, 요즈음에 와서는 깨어지기 쉬운 유리판이나 살얼음판이 되어 버렸다.

새로 맺을 당시의 인연이 귀한 만큼 이미 맺은 인연을

이어가는 것도 중하다. 자칫 어긋나기 쉬운 인연도 정성을 기울여 다독여 간다면 그 귀중한 인연이 쉽사리 망가질 리 없다. 어느 한쪽의 노력만으로는 불가능할 것이다. 서로 이해하고 사랑하며 살아간다면 사철 푸르고 향기로운 꽃송이로 피어날 것이다.

항상 다정한 언니의 모습과 불만에 찬 아이의 표정이 번갈아가며 눈앞에서 어른거린다.

제4부

피아노가 있던
자리

눈썹

탁상 거울에 비친 얼굴을 찬찬히 뜯어본다. 두 개의 완만한 곡선이 눈길에 잡힌다. 검고 가지런한 눈썹이다.

눈썹 위아래에 대열에서 이탈한 털들이 불규칙하게 듬성듬성 돋아나 있다. 보리밭 이랑을 벗어나 자란 보리 싹 같다. 보리밭 관리를 위해서 아깝지만 호미로 캐내 버려야 하듯이, 족집게로 뽑아버리면 말쑥해지리라. 손은 어느새 서랍을 열고 족집게를 찾는다.

미간 왼쪽 눈썹 속에 보리쌀만 한 흉터가 있다. 생전에 어머니가 '뜨리태'라고 했다. 눈썹꼬리에도 알게 모르게 상처 난 자국이 남아 있다. 말 없는 눈썹은 아프게 견뎌온 세월을 악보처럼 그려 보이고 있다. '뜨리태'는 병마의 흔적을 나타내는 온음표다.

어릴 적 윗집에는 선미 언니가 살고 있었다. 심심하면 그 집에 놀러가곤 했다. 함께 어울려 뒷동산에 올라가 삘기를 뽑아 먹기도 하고 냉이와 쑥을 뜯으러 가기도 했다.

투실한 언니 얼굴에는 유독 여드름이 많았다. 놀러 가면 건넌방 마루에서 여드름을 짜달라며 내 무릎이나 베개를 베고 누웠다. 나는 여드름 짜 주는 일이 싫지 않았다. 톡톡 튀어나오는 피지 알갱이가 신기했다. 어떤 때는 족집게로 스스로 눈썹을 뽑았다. 아플 텐데 무엇 하러 뽑을까 의아했다. 나중에야 초승달을 닮은 눈썹을 지니고 싶어서라는 걸 알았다.

선미 언니는 어머니가 돌아가시자 아버지 그리고 오빠 셋과 함께 살았다. 이듬해에는 월남전에 참전한 둘째 오빠가 전사했다는 통보를 받았다. 왜 슬픔은 떼를 지어 몰려다니는 걸까? '엎친 데 덮친 격'이 언니네 대문을 밀치고 들어섰다. 대문을 밀고 들이선 횡액은 다음해 아버지마저 데려갔다.

그 뒤부터 선미 언니는 나이보다 어른스러워졌다. 청소하고 빨래하고 밥을 짓는 일은 물론, 보릿짚 땋기와 홀치기를 하여 돈벌이도 하며 또래의 누구보다 부지런히 생활했다. 자연히 내 발걸음도 뜸해졌다. 어쩌다 길에서 만났을 때 보면 언니의 초승달 같은 눈썹은 여전했다.

달이 변하고 해가 바뀌기를 거듭했다. 나도 얼굴에 여드름이 있나 살피게 되고 눈썹에도 눈길이 갔다. 내 눈썹은 면적이 넓고 짙었다.

고향마을 인근 회사에 다닐 때였다. 일거리가 없어 다른 부서로 지원을 갔을 때, 그곳 직원이 내 눈썹을 보더니 "독수리 눈썹 같다. 눈썹이 특별하다."고 했다. 그림이나 사진을 통해서 본 독수리는 부리가 매섭고 발톱이 날카로워 사나운 느낌이었다. 하지만 눈썹은 도무지 떠올릴 수가 없었다. 처음에는 내 눈썹이 독수리의 부리나 발톱처럼 사납게 생겼다는 말로 들려 꺼림하였다. 그러나 뒤이은 '눈썹이 특별하다.'에서 '사납다'는 뜻은 아니려니 하고 넘겼다.

그 뒤 거의 잊고 지내던 선미 언니의 초승달 눈썹이 떠올랐다. 나도 거울을 앞에 놓고 눈썹을 뽑는 모험을 감행했다. 위쪽으로 뽑으면 이마가 넓어 보일 테고, 아래쪽으로 뽑으면 눈두덩이 훤해질 거라는 희망을 품게 되었다.

그 희망이 탱자나무 가시에 찔릴 때처럼 따끔따끔함을 은근히 즐기게까지 했다. 얼마간 시일이 지나면 눈썹을 뽑은 자리에 다시 눈썹이 올라왔나 들여다보고 얼씬 못하게 제거하기를 되풀이했다. 깔끔히 다듬어진 눈썹을 보면서 무단 침입자들을 퇴치한 듯 후련함을 맛보기도 했다.

요즈음은 거울을 들여다보다가 이따금 낯선 얼굴을 만나 놀랄 때가 있다. 아침 동산에 떠오른 해가 번잡한 세상일에 매여 시간 가는 줄 모르다 보니 어느새 석양 무렵에 이른 것이다. 돌이켜보면 지나온 세월 동안 뚜렷한 내 모습은 어디에서도 찾아볼 수 없다. 아득한 서쪽 하늘에 노을을 맞이할 구름 한 장이 떠 있을 뿐이다.

머리에는 나날이 흰 머리카락이 늘어 가고 눈꼬리에는 다달이 주름살이 깊어 가는데, 눈썹의 면적이 넓든 좁든, 수량이 많든 적든, 무에 그리 대수이랴. 넓으면 넓은 대로, 많으면 많은 대로 받아들이면 그만인 것을. 천연의 눈썹은 그 사람의 운명을 상징하는지도 모른다. 뽑고 다듬어 아름답게 꾸민들 무엇이 얼마큼 달라지겠는가. 탁상 거울 앞에 앉아 꺼내들었던 족집게를 도로 서랍에 넣는다.

　거울 속에는 고향마을 선미 언니 집 뒤에 나직이 자리
한 동산이 비친다. 동산에서 부는 바람이 참나무 잎사귀
를 흔드는 소리가 들리는 듯하다.

피아노가 있던 자리

나는 가난한 시골집에서 태어났다. 피아노는커녕 쉽게 접할 수 있는 기타조차 만져보지 못하고 자랐다. 그래서 내 자녀들은 악기 한둘쯤 다룰 수 있기를 바랐다.

결혼 후에도 취미나 문화생활이라곤 모르고 지냈다. 막내가 유치원에 다닐 나이가 되어서야 영화나 가곡 공연 관람을 즐길 수 있었다. 그 즈음엔 길을 가다가도 안내 게시판에 '가곡의 밤' 행사 포스터가 있으면 잊지 않고 공연장을 찾았다.

어느 날, 혼자 아트 홀을 향해 걸어가던 중이었다. 잠시 후 감상하게 될 성악의 매력에 미리 취해 있었다. 그런데 뒤에서 승용차 한 대가 갑자기 달려들었다. 나는 그만 아스팔트 길 바닥에 나뒹굴고 말았다. 병원으로 실려 갔다. 의사가 엑스레이 결과를 보더니 광대뼈가 부러졌다고 했다. 수술 받고 치료하는 데 꼬박 4주가 걸렸다.

퇴원 후, 한약방을 경영한다는 여자 운전자가 집으로 찾아왔다. 보약을 지어 먹으라며 위로금을 건넸다. 보험 회사에서 준 합의금을 합해 피아노를 사고 싶은 생각이 들었다. 딸이 피아노를 마음껏 연습할 수 있게 해주고 싶다는 생각이 간절해서였다.

첫아이인 딸은 취학할 나이에야 피아노 학원에 다니기 시작했다. 집에 돌아와서도 교본을 보며 멜로디언으로 피아노 건반을 두드리는 흉내를 내곤 했다. 피아노를 사줄 형편이 여의치 않아 차일피일 미루어 오던 참이었다. 이번 기회를 계기로 큰맘을 먹었지만 위로금과 합의금을 합해도 턱없이 모자랐다. 살림을 하면서 한 푼 두 푼 모은 비상금을 보탰다.

그때 마침, 이웃에 사는 내 또래 요한 엄마가 피아노를 함께 사자며 제안을 해왔다. 근처 악기점보다 서울에서 지인을 통해 싸게 구입할 수 있다고 했다. 우리는 시내 피아노점에 가서 가격도 적당하고 마음에 드는 모델을 골랐다. 그녀가 나서서 서울에 주문했다.

피아노가 거실 한쪽 벽 앞에 자리를 잡던 날. 내 심장은 마치 피아노 건반을 두드리는 듯 쿵쾅거렸고, 내 마음엔 건반에서 신비한 소리가 울려 나오듯 황홀한 떨림이 일어났다.

딸아이는 피아노 학원에서 오자마자 피아노 앞에 앉아 고사리 같은 손놀림으로 다채로운 선율을 꽃피웠다. 구식 단층 양옥 비좁은 거실에서 '엘리제를 위하여'가 애절하게 흐르거나, '아들린느를 위한 발라드'가 부드럽게 춤추거나, '뻐꾹 왈츠'가 경쾌하게 재잘대기도 했다. 뻐꾹뻐꾹, 음률이 지저귈 때면 나도 뻐꾸기가 되어 고향 뒷산의 포근한 둥지로 날아들었다. 그때가 우리 집 실내에 가장 아름다운 멜로디가 넘쳐나던 시기가 아니었나 싶다.

딸아이는 초등학교 고학년이 되자 '체르니 30번'을 치고 '바흐'를 마지막으로 피아노 학원을 그만 두고 종합학원에 등록했다. 막내인 아들도 피아노 학원에 다니기 시작했으나 흥미와 재능이 없어선지 꾸준히 배우지 않고 일찌감치 포기해 버렸다. 피아노 소리가 점점 뜸해지면서 거실의 밝은 기운도 사라지고 말았다. 우리는 그 집을 팔고 새로 분양 받은 아파트로 이사했다.

새 아파트 거실에 피아노를 들여놓았으나, 여고생이 된 딸과 중학생을 바라보는 아들은 피아노를 거들떠보지 않았다. 덩치 큰 피아노가 자리만 차지하는 흉물이 되어 버렸다. 남편은 피아노를 눈여겨볼 때마다 팔아버리자는 말을 꺼내곤 했다. 나는 매번 단번에 거절했다. 나로서는 벼르고 별러서 산 피아노가 아니던가. 내 몸의 고통에 대한 보상이 담긴 그 피아노는 집 안에 있는 물건 가운데 보물 1호이자 두 아이에게 준 선물 1호였다.

아내의 동의 따위 필요치 않다고 여긴 듯 남편은 어느 날 중고 피아노 매매상을 불러들였다. 대세는 이미 기울어진 마당이었다. 내가 나서서 만류할 방도가 없다는 것을 깨달았다. 거실에서 사라지는 피아노를 말없이 배웅했다.

피아노를 판값으로 새 컴퓨터를 사들였다. 이번엔 아들의 요구를 들어주기 위해서였다. 컴퓨터에 한창 재미를 붙인 아들이 기능이 느린 구형 컴퓨터를 신형으로 바꿔달라고 졸라대던 중이었다. 하지만 구입할 때의 반에도 못 미치는 피아노 값은 컴퓨터를 사는 데도 턱없이 부족했다.

　이제, 피아노가 있던 자리에는 컴퓨터가 원래 제자리인 양 버티고 앉아 있다. 피아노 수십 개의 건반이 출렁여야 할 자리에 컴퓨터 수십 개의 자판이 활개를 치고 있다.

　피아노가 없어진 지 십 몇 년이 지났지만 불편을 느끼기는 고사하고 거의 잊다시피 살았다. 지금은 '정보의 바다'인 저 검은 물체가 없다면 나부터 불편하여 안절부절 못할 것이다. 아무리 소중했던 것도 잊히기 마련인가. 그것이 오히려 슬픔의 악곡이 되어 가슴을 두드린다.

　피아노는 엄마인 내가 두 자녀에게 기대한 꿈의 한 자락이었다. 오늘따라 내 눈길은 자꾸만 피아노가 있던 자리에 가 멎는다.

코의 수난

S 시조시인에게서 문자 메시지가 왔다. 여성회관 수강생 모집 '논어의 감성학' 신청 기간을 알려 주는 내용이었다. 조금 지나서 인터넷에 접속하니 모집 인원 40명이 이미 마감되었다. 예비후보 3번으로 등록을 했다. 고전을 배우려는 사람들이 무척 많다는데 적이 놀랐다.

배움의 기회는 후보로 등록한 나를 저버리지 않았다. 강의가 있는 날이었다. 나는 맨 앞자리에 가서 혼자 앉았다. 내 나이가 이미 산봉우리를 향해 치닫고 있다. 눈도 침침하고, 귀도 어두운 고개다. 그런데 뜻하지 않은 말썽이 일어났다. 한창 강의에 귀를 기울이고 있는데 알레르기 비염 증상이 코를 간질였다. 이어 콧물이 흘러 도저히 참을 수가 없었다. 두어 차례 휴지를 꺼내 코를 풀고 나니 그제야 숨쉬기가 편해졌다.

　두 시간의 수업을 마치고 난 뒤였다. 반장이 내게로 다가왔다. 무슨 일인가 싶었다. 한데, 찬물을 끼얹는 것 같은 소리를 전했다. 수강생 중 누군지는 밝히지 않고 '맨 앞자리에서 코 풀지 마라.'고 하더란다. 반장은 자기 딸도 알레르기 비염이 있어 내 사정을 충분히 이해한다면서, 기분 나쁘게 생각하지 말고 그 말을 해 준 사람에게 고마워하라는 말까지 덧붙였다. 공자의 예의를 배우는 수업이 아니냐고도 했다.

　생리적인 현상이라 어쩔 수 없었으나 미리 헤아리지 못한 내 불찰이었다. 다음 수업 시간에 대한 고민이 깊어졌다. 자연히 코에 얽힌 일들이 꼬리를 물고 되살아났다.

　내 코의 수난은 어린 시절로 거슬러 올라간다. 세 살 터울의 남동생과 별것 아닌 일로 다툰 적이 있었다. 화난 동생이 던진 젓가락이 코의 왼쪽 부분에 상처를 냈다. 무슨 일로 동생과 아옹다옹했는지는 다 잊었지만 젓가락 흉터만은 아직도 남아 있다.

　결혼 후, 우리 부부 사이에도 충돌이 있었다. 재수가

없으면 뒤로 자빠져도 코가 깨진다지 않던가. 그날따라 만취해서 귀가한 남편이 밖에서 무슨 마음 상한 일이 있어서였을까, 홧김에 던진 화분대가 내 코에 명중하고 말았다. 코뼈가 부러져 성형수술을 받아야 했다. 그때의 수술 자국이 미간에서 코끝이 삼십팔도선쯤에 지금도 남아 있다.

그 일이 있고 얼마 뒤 시댁에서 제사 음식을 준비하고 있을 때였다. 동서들이 둘러앉아 콩나물을 다듬고 있는데 한 동서가 내 코를 보고는 "수술해서 콧대가 높아져 예뻐졌다."고 했다. 콧대가 부러져 어쩔 수 없이 수술한 코를 예뻐졌다 칭찬하다니! 예뻐지지 않더라도, 다쳐서 수술하지 않는 편이 훨씬 더 좋지 않을까 싶어 눈앞에 부옇게 안개가 서렸다.

친정에 간 길에 그 얘기를 했더니 어머니 말씀이, "네코는 높지 않아서 참했는데…"라며 말꼬리를 흐리셨다. 그렇게 내 코의 지형도에는 삼팔선이 가로놓여있고, 반도의 서쪽에는 무궁화 두어 송이가 피어 있는 형상이다.

어릴 때와 젊을 때는 뜻하지 않은 일로 고통을 겪은 코가 인생 후반기에 접어들어서는 새로운 수난을 맞게 되었다. 쉰이 넘으면서부터는 나이 따라 체질도 바뀌었다. 알레르기 비염이라는, 반갑지 않은 친구가 나를 괴롭히고 있다. 재채기와 콧물이 심하다가 덜하다가를 연중 반복한다.

일주일 후 논어 수업시간이 돌아왔다. 이번엔 앞자리를 비워두고 뒷자리에 앉았다. 여차하면 살며시 강의실 밖으로 나가기 위해서였다.

그런데 웬일인가. 강의가 시작돼서 끝날 때까지 한 번도 재채기나 콧물이 흐르지 않았다. 게다가 칠판 글씨도 잘 보이고 강사 목소리도 잘 들렸다. 내 옆자리에 앉은 S 시조시인과 소통할 수 있는 보너스도 챙겼다. 이런 경우를 두고 전화위복이라고 하지 않을까. 상처를 수술하여 코가 더 예뻐 보이기도 하고, 앞자리에서 쫓겨나다시피 하여 뒷자리로 간 게 오히려 여유와 편안함을 가져다 주니 말이다.

수난의 세월을 꿋꿋이 견뎌 온 내 코를 쓰다듬어 본다. 이만하기 얼마나 다행인가. 삶의 굴곡이 흔적으로 남았지만, 클레오파트라의 코가 부럽지 않다. 코의 수난이 전화위복의 기틀을 마련해 주었듯이 앞으로 닥칠 어떠한 고난도 희망의 밑거름이 되어 줄 것이라 믿는다.

이번 주 목요일, 여성회관으로 가는 발걸음은 여느 때 보다 가벼울 듯하다.

활액막염

모임에 가려고 현관문을 나선다. 행여 약속시간에 늦을까 계단을 후다닥 뛰어 내려가다가 멈칫 섰다. 아차, 또 잊고 말았다. 나는 지금 계단을 오르내리면 안 된다. 우리 집 4층에서 한 층을 내려온 3층이다. 엘리베이터 앞에 서서 내려가는 버튼을 누르고 기다린다.

병원을 찾은 건 한 달여 전. 오른쪽 무릎에 이상이 감지된 얼마 뒤였다. 손빨래를 한참 하다 일어나면 뜨끔하고, 높은 곳에 올랐다가 내려올 때도 통증이 일었다.

그날은 걸레로 방바닥을 닦으려고 무릎을 꿇으니 아팠다. 얼른 일어서 양쪽 무릎을 맞대 보았다. 감이 잡히지 않아 앉은 자세로 두 다리를 죽 뻗고 비교해 보았다. 아무래도 오른쪽 무릎이 부은 것 같았다. 그때까지도 내일은 병원에 가봐야지 하고 여유를 부렸다.

인터넷에서 검색해 보기로 했다. '오른쪽 무릎이 붓고 아파요'라는 질문에 '전문의에게 진단을 받아보아야 한다.'는 답변이 대부분이었다. 갑자기 마음이 급해졌다. 저녁밥 지을 시간이 되었지만 하루도 미룰 수가 없었다. 서둘러 준비해 집을 나섰다. 다행스레 걷는데 아프지는 않았다. 도보로 30분 거리의 정형외과를 찾아갔다.

엑스레이를 촬영해 진찰한 결과, 활액막염이라고 했다. 활액막염은 관절의 활액막이 외상이나 심한 운동 자극에 의한 염증 등으로 인해 자극을 받아 혈구와 단백질 섬유를 함유한 점액을 생성함으로써 관절이 부어, 굽히거나 펴는 동작이 제한되는 병이라 했다. 퇴행성관절염과 함께 발병했단다. 물이 차서 부었으니 물을 뽑아내면 나을 것이라고 생각하기 쉬운데, 그것은 물이 또 차기 때문에 효과를 기대하기 어렵다며 물리치료와 먹는 약을 처방해 주었다.

간호사가 덜 걷도록 하고 무릎을 아껴 써야 한다고 일러주었다. 두 다리를 같이 쓰는데 왜 오른쪽 무릎만 탈이

나느냐는 물음에 오른쪽을 더 쓰고 붓고 아픈 무릎의 안쪽이 체중 부하를 더 많이 받기 때문이라고 했다.

물리치료실은 2층에 있었다. 계단에 눈길이 갔지만 발길은 엘리베이터 앞으로 옮겼다. 마음이 가는 곳에 몸이 가지 못해 씁쓸한 바람이 가슴 한쪽을 스쳐갔다. 물리치료는 초음파 치료 3분, 얼음찜질 20분, 저주파 전기치료 15분 순서로 진행되었다. 근육조직에 침투하여 근육 이완과 부기 제거, 통증 치료, 순환 정진의 효과가 있다고 했다. 지루한 생각에 물리치료사에게 신문을 가져다 달라고 부탁했다. 신문을 손에 들고 활액막염이 내 오른쪽 무릎에 침투한 원인을 나름대로 짐작해 보았다.

돌이켜보니 오른쪽 다리를 더 많이 쓴 게 맞았다. 고생도 더 많이 시켰다는 데 수긍이 갔다. 십수 년 전에 오른쪽 발목의 아킬레스건이 끊어진 일이 있었다. 깁스를 하여 특수 신발까지 제작하여 신고 다니지 않았던가. 기계만 정확한 줄 알았더니 사람의 몸도 그에 못지않게 아니, 그보다 더 정밀한가 보았다. 평소 걸음을 떼놓을 때도 오른발을 먼저 내디뎠다. 공을 찰 때도 매번 오른발로 걸어찼다. 깨금발 싸움을 할 때는 물론이고, 멈춰 있을 때에도 오른 다리에 몸무게를 기울이는 때가 많으니 그 무릎이 얼마나 힘들었을까. 나는 무심하다 못해 박정하기조차 했다.

병원에 가기 한 달 열흘 전이었다. 다음날 '여수 모임'에 가기로 되어 있었다. 1박 2일 동안 주부 자리 비울 채비를 위해 멀리 전통시장까지 걸어서 갔다 오는데 서너 시간은 족히 걸렸다. 집이 가까워지자 오른쪽 무릎이 약간 시큰거리는 느낌을 받았다. 그것이 활액막염의 첫 신호였던가 싶다. 그런 뒤 별다른 증상이 없어 여수에 다녀오고 일상생활에도 그다지 불편을 겪지 않았다.

시골에서 태어난 나는 걷는 것만큼은 자신 있다고 믿었다. 차비를 절약할 목적도 있지만 걷는 자체를 즐기는 편이었다. 나이 쉰을 넘어 그나마 튼튼하다고 믿었던 다리 가운뎃부분 무릎 고장이라니, 적잖은 충격이었다.

물리치료를 일주일, 약을 하루 세 번 열하루 복용했다. 다행히 아픔은 가시고 부기는 주저앉았다. 지금은 집에서 얼음찜질을 하고 무릎 보호대를 구입해 외출하거나 집안일을 할 때는 착용한다.

활액막염은 오뉴월 메뚜기처럼, 갯벌의 망둥이처럼 뛰

다시피 하는 내 걸음걸이를 변화시키고 있다. 계단을 피하고 평지만 골라 다니고, 걷기보다는 탈것을 이용한다. 자리에 앉았다가 일어설 때도 걸음마를 배우는 아기같이, 신행 첫날의 신부같이, 아주 조심스럽게 일어난다. 늙고 병들어 쓸모없어져 마구간에서 퇴출될 날을 맞은 말의 신세를 보는 듯하다.

생生의 환희를 거쳐, 노老와 병病의 적막강산을 조심조심, 느릿느릿, 쉬엄쉬엄 걷고 있다. 활액막염으로 몸과 마음이 엇박자인 내 앞에 엘리베이터 문이 활짝 열린다.

앞자리

　내겐 대중 앞에 선뜻 나서지 못하는 소심 증세가 있다. 모임에서 자기소개를 해야 할 때면 가슴이 떨리고 눈앞이 캄캄해지면서 할 말을 죄다 잊어버린다. 그래서 언제 어디서나 앞자리는 되도록 피하는 편이다.

　마침 여성회관 겨울방학 특강으로 '리더십 스피치'가 있었다. 망설이다가 수강신청을 했다. 강의 첫날인데 서두르지 않아 지각을 했다. 열심히 경청하는 사람들 앞을 지나가기가 민망해 그냥 뒷자리에 앉았다. 강의 도중에 칠판의 글씨가 흐릿하여 알아보기 어렵고, 강사의 음성도 속삭이듯 작아서 알아듣기 힘들었다. 기회를 틈타 앞자리로 옮겨 앉았다. 그제야 글자도 뚜렷하게 보이고, 발음도 분명하게 들렸다. 그런데 앞뒤에서 와 닿는 시선을 잠시도 의식하지 않으면 안 되었다. 몸가짐을 바르게 가지기 위해 한층 신경이 쓰이는 앞자리였다.

나는 육 남매 중에서 다섯째로 태어나 비교적 큰 탈 없이 성장할 수 있었다. 오빠, 언니들의 등 뒤에 가만히 있기만 해도 일이 처리되는 경우가 대부분이었다. 집안에서 우환이 끊이지 않고 일어났지만 어리다는 이유로 정황을 모른 채 지나온 세월이었다. 자세한 내막은 알지 못하나 머리를 스치는 사연들, 가정을 이끌어가는 사람은 그 파란곡절들을 머리 싸매고 해결하는데 오죽 애를 태웠을까.

이제서야 늦철이 들었는지 장남인 큰오빠가 고달팠을 거라는 생각이 든다. 병환으로 일찍 돌아가신 아버지를 대신해 가장 노릇을 하는 자리, 등 뒤에는 할머니와 어머니, 그리고 층층이 커가는 동생이 있었다. 한시도 마음의 짐을 내려놓을 수 없는 어려움의 연속이었으리라. 그렇게 집 안팎의 대소사를 두루 챙겨야 하는 어깨가 무거운 앞자리였을 것이다.

겨울 산행을 할 때에도 선두가 제일 힘이 든다. 어느

해 겨울, 눈이 내리는데 등산을 하게 되었다. 가지산 중턱에 오르니 눈이 허벅지까지 쌓여 있었다. 그 눈을 헤쳐 나갈 엄두가 나지 않아 모두 주저하고 있을 때였다. 산행 대장격인 O씨가 앞장서서 푹푹 발자국을 찍으며 나아가는 것이 아닌가. 온기가 가시지 않은 그 발자국을 따라 걸어 무사히 정상에 오르는 성취감을 맛보았다. 두려움을 무릅쓰고 앞장서 가는 데는 여간한 용기가 필요하지 않았으리라.

등산로를 따라 걷다가 자칫 허방을 딛거나 이끼 낀 돌을 디디면 위험에 처할 수가 있다. 한 발 한 발 내딛는 걸음이 얼마나 조심스럽겠는가. 또 가파른 벼랑이나 험한 바위가 가로막을 때에도 선두는 마지막 한 사람까지 무사히 오를 수 있도록 손을 잡아 끌어주거나 로프를 단단히 매어 당겨 준다. 앞자리의 도움에 힘입어 전원이 낙오자 없이 위험한 구간을 넘길 수 있는 것이다.

초등학교 5학년 때였다. 담임선생님의 입은 약간 비뚤어진 편이었다. 짓궂은 학생들은 '입삐딱이'라는 별명으로 부르기도 했다. 학생들에게 별난 선생님이라 우리들은 거리감을 느꼈다.

어느 날, 그 선생님을 골탕 먹이려고 여학생 몇이 수업 시간에 아무 발표도 하지 말자는 모의를 했다. '세상에 비밀은 없다'고 하였던가. 그 사실이 선생님 귀에 들어가, 공모자들은 양호실로 불려갔다. 화가 화톳불같이 인 선생님은 굵은 매를 들고 한 사람씩 나와 엉덩이를 맞으라고 했다. 아이들은 서로 눈치만 보며 선뜻 앞으로 나서지 않았다. 눈치 싸움에서 지고만 내가 먼저 나갔다. 매를 다 맞고 자리로 돌아오자 한 친구가 나에게 나지막이 속삭였다. "니가 왜 먼저 나가서 맞니? 제일 세게 맞았잖아. 주모자인 ××가 먼저 맞아야지." 그 친구의 귓속말이 아직도 잊히지 않는 건 왜일까.

앞자리는 조심스러운 자리이다. 정 맞기 쉬운 모난 자리다. 앞자리는 뒤에 오는 사람들을 위해 자기를 희생하는 자리이기도 하다. 프로메테우스의 고난이 없었다면 인류가 불을 사용하지 못했을는지도 모르며, 콜럼버스의 모험이 아니었다면 아메리카 대륙은 미개의 땅으로 남아 있을는지도 모른다.

나는, 나 아닌 누군가를 위해 앞자리에서 희생하고 봉사해 본 적이 있었던가. 기껏해야 잘 보이지 않고, 잘 들리지 않아 앞자리를 찾는 족속에 불과하다. 불편을 해소하기 위해 앞자리를 차지하고 뭇시선에 신경 쓰고 있는 내가 새삼 딱하다.

바닥에 대한 기억

가을걷이가 끝난 들녘이 휑하다. 깊은 밤, 창에 부딪는 바람소리가 서늘하다. 보일러 실내 온도를 높이고 잠자리에 눕는다. 따스한 방바닥의 열기에 심신이 녹아들자 불현듯 어느 해 가을 풍성하던 방죽 바닥이 떠오른다.

다사한 햇살이 밝게 빛나는 가을날이었다. 한낮의 볕에 졸고 있는 마을의 고요를 깨며 양수기 한 대가 바쁘게 돌아가고 있었다. 우리 집 사립문 앞에서도 내다보이는 논. 그 논과 붙어 있는 방죽에는 어른 겨드랑이에 찰 만큼 물이 늘 괴어 있었다. 그 방죽 물을 양수기로 푸고 있는 것이다. 지난여름 물고기가 떼를 지어 헤엄쳐 다니는 것을 발견한 아버지가 취한 결정이었다.

물이 줄어들자 여기저기서 팔딱팔딱 튀어 오르는 은빛 물고기가 모습을 드러냈다. 더 이상 퍼낼 물이 없어지고 방죽 바닥이 훤하게 드러나자 탕탕거리던 양수기 소리도 멎었다. 쓸어 모아놓은 듯, 바닥엔 물고기가 그득했다. 둑에서 기다리던 가족들은 일제히 방죽에 들어가 고기를 잡기 시작했다.

한 마리도 놓치지 않으려는 듯 눈은 물고기의 비늘처럼 빛났고, 손은 물고기의 지느러미처럼 재빨랐다. 큰 가물치를 비롯해 메기, 붕어, 미꾸라지 등 그 종류도 다양했다. 음흉하게 물풀에 숨어 있던 가물치는 푸드득 용을 쓰다 잡히고, 느릿느릿 바닥을 기던 메기는 요리조리 몸을 피하다 잡혔다. 붕어는 '나 여기 있소' 흙바닥 위에서 파닥이다 잡히고, 미꾸라지는 '나 잡아 보소' 진흙 속에서 발바닥을 간질이다 잡혔다. 양동이와 빈 통을 있는 대로 가져다 가득가득 담았다. 그때만큼 우리 집에 물고기가 풍년이었던 적은 없었다.

그날부터 물고기는 우리 집의 주 반찬이 되었다. 구워 먹고 찌개도 해먹고, 조려 먹고 국도 끓여 먹었다. 물고기가 바닥날 때까지 계속 밥상에 올랐으나 질리지 않았다. 아무리 먹어도 물리지 않는 토종물고기의 담백하고 구수한 맛은 바닥날 줄 몰랐다. 그해 방죽 바닥에서 잡아 온 물고기는 한동안 우리 가족의 원기를 돋우는 영양소 노릇을 했다.

이모 집은 기차로 간이역 하나를 지날 만한 거리에 있었다. 버스가 운행되지 않던 시절이었고 걷기에는 꽤 멀었다. 그 길을 엄마는 걸어간다 했다. 나도 탈래탈래 따라 나섰다. 한참 걷다 보니 다리도 아프고 지루했다. 나는 애꿎게 길바닥의 돌멩이를 고무 신발로 차버리기도 했다. 그런 내 마음을 달래주려는 듯 길가의 코스모스가 살래살래 고개를 흔들며 반겨 주었고, 고추잠자리가 하늘하늘 날개를 저으며 맞아 주었다.

집으로 돌아올 때였다. 이모가 내 손에 동전 한 닢을 쥐여주었다. 시골에 묻혀 사는 이모에게 돈은 쉽게 얻을 수 있는 게 아니었다. 주는 이모에게도 받는 나에게도 귀한 동전이었다.

학교에 가서 동전을 만지작거리다가 교실 바닥에 떨어뜨리고 말았다. 고 얄미운 녀석은 멈추지 않고 데구루루 굴러 교실 바닥 아래로 사라져 버렸다. 나무판자를 잇대어 깐 교실 바닥의 약간 벌어진 틈으로 빠져들어가 버린 것이다. 닭 쫓던 개 지붕 쳐다보는 심정이 그랬을까. 아무리 안타까워 발을 동동거려도 소용이 없었다.

　그런데 뜻밖의 상황이 벌어졌다. 한 남학생이 연필을 떨어뜨려 교실 바닥 아래로 빠져 버렸다. 남학생은 포기하지 않았다. 빠진 곳을 찬찬히 살피더니 서둘러 밖으로 나가 공구를 가지고 왔다. 제법 익숙한 솜씨로 판자 한 쪽을 떼어 내더니 몸을 비집고 가까스로 내려가 연필뿐만 아니라 쓸 만한 물건들을 한 움큼 주워 들고 개선장군처럼 올라오는 것이었다. 판자는 곧 원상태로 꿰어 맞추었다. 나로서는 생각지도 못했던 놀라운 광경이었다.

　남학생 주위에 친구들이 몰려들었다. 의기양양해진 그는 친구들에게 바닥 밑에서 주워 온 물건들을 나누어주다가 나와 눈이 마주쳤다. 성큼성큼 내게로 다가와 "이거 네가 떨어뜨린 동전 맞지?" 하며 손바닥을 펴 보였다. 선뜻 대답하지 못하고 머뭇거리면서도 나도 모르게 손을 내밀었다. 하얀 동전이 손에 닿는 순간 훈훈한 기운이 가슴 밑바닥에서 피어오름을 느꼈다.

　나는 지금 잠자리에 누워 따뜻한 기억으로 남아 있는

바닥의 시간들을 쓰다듬고 있다. 방바닥의 온기가 내 몸 가득히 차오른다.

라면

엊저녁 과식을 한 탓인가. 배가 고프지 않을 뿐더러 식욕도 일지 않는다. 그렇다고 아침을 거르자니 왠지 허전해 라면 반쪽을 끓여 먹기로 한다.

냄비의 물이 보글보글 끓어 반 자른 라면을 넣자 뜨거운 물방울이 치직거리며 튄다. 딸아이가 라면을 끓일 때 청양고추를 넣으면 맛있다고 한 말이 생각나 어슷하게 썰어 파 몇 조각과 함께 넣는다.

알맞게 익은 라면을 입에 넣는다. 얼큰하고 부드러운 맛이 졸깃졸깃 혀를 감싼다. 잡아당기면 늘어나는 용수철처럼 고불고불 젓가락에 집혀 올라오는 라면가락이 마음 깊은 곳에 잠겼던 장면들을 끌어올린다.

아마 초등학교 저학년 때였을 것이다. 선생님께서 육성회비를 내지 않은 학생은 방과 후 교실에 남으라고 했다. 그리더니 집에 가서 부모님을 모시고 오라고 했다. 병환 중이던 아버지, 눈코 뜰 새 없이 바쁜 어머니, 어떻게 학교에 가자고 해야 할지 걱정이 가득했다.

교문을 나서 집을 향하여 얼마 걷지 않아 때마침 큰오빠와 마주쳤다. 군에서 갓 제대해 짧게 깎은 머리와 바지를 둥둥 걷은 차림이었다. 논에 물꼬를 보러 가는지 삽을 들고 있었다. 무척 반가웠으나 울상이 되어 기어들어가는 목소리로 사실을 전했다. 뜻밖에도 잠깐 일보고 오빠가 갈 테니 먼저 교실에 가서 기다리라고 했다.

한시름 덜고 교실로 돌아가 선생님께 오빠가 곧 온다는 보고를 드렸다. 그때 사환이 양은냄비를 들고 와 맨 앞줄 학생 책상에 놓았다. 선생님은 하던 일을 멈추고 교단에서 내려와 책상에 놓인 냄비 뚜껑을 열더니 꼬불꼬불한 면빨을 젓가락으로 집어 먹기 시작했다. 후루룩 소리를 내며 면발을 빨아들이는 모습이 신기했다. 그때는 라면이 막 시판되어 널리 알려지기 전이었다.

선생님은 무엇 때문인지 라면을 먹다 말고 급히 교실

에서 나갔다. 나는 끌리듯 라면 냄비가 놓인 책상 쪽으로 갔다. 기름기 둥둥 뜬 불그레한 국물에 잠겨 있는 꼬불꼬불한 면발에 입에서 군침이 돌았다. 얼른 젓가락으로 면발 한 가닥을 집어 입에 넣고는 누가 보기라도 할까봐 부리나케 내 자리로 돌아왔다.

맛을 제대로 느낄 수나 있었을까. 선생님이 먹던 라면을 몰래 맛본 양심의 부끄러움만 깊게 새겨져 여태 안 잊히는지도 모른다. 그것이 내가 라면을 맨 처음 입에 댄 아련한 맛이었다. 큰오빠가 와서 선생님과 면담하고 집으로 돌아가는 길. 시골길은 불어터진 라면가락처럼 구불구불 어지러이 흔들렸다.

A읍에 있는 여중에 다닐 때였다. 같은 읍내 공장에 다니던 언니와 함께 얼마간 자취를 한 적이 있었다. 식사 시간에 언니가 없으면 혼자서 밥을 챙겨 먹는 게 귀찮았다. 언니가 준비해 놓은 된장찌개 냄비를 비우고 연탄불이나 석유곤로에 라면을 삶아 먹은 뒤 냄비를 씻어서 된장찌개를 도로 담아 두었다. 언니는 내가 라면을 먹은 사실을 모르고 넘어갔다. 혼자 있을 때마다 표시 안 나게 라면을 먹었던 내 게으름은 아직까지도 라면을 좋아하는

식습관이 되어 있다.

어머니를 뵈러 갔던 날이었다. 어머니는 저녁에 라면을 끓여 먹자고 했다. 주방의 주인인 어머니가 끓였는지, 나이 적은 내가 끓였는지, 어슴푸레하다. 제법 큰 냄비에 국물이 꽤 많았다. 짜게 먹는 내 입맛에는 싱거웠지만 맛있게 먹었다. 라면과 김치 쪼가리가 저녁상의 전부였지만 여왕과 공주의 식사가 부럽지 않았다. 그 얼마 뒤 갑자기 세상을 뜬 어머니, 어머니와 함께했던 최후의 만찬은 국물이 많아 싱거운 라면이었다.

돌이켜보면 라면만큼 내 삶에 깊이 관여해 온 음식도 드물다는 생각이 든다. 낯이 달아오르는 첫맛의 부끄러움, 게으름에 길든 식성. 따뜻한 밥 한 끼 해드리지 못하고 먼 길 떠나보낸 어머니가 못내 가슴에 응어리로 남아 있다. 라면과 나 사이를 이어 주는 고리는 호기심에 끌리고, 간편함에 쏠리는 내 성미와도 닿아 있으리라.

라면은 매운 맛이 있고, 순한 맛도 있고, 진한 맛이 있고, 연한 맛도 있다. 면과 스프와 물의 단순한 배합과 불의 결합 같지만 재료의 조절이나 첨가에 따라 새로운 맛을 낼 수 있다.

오늘 아침은 청양고추를 넣어 얼큰한 맛을 즐겼지만 다음엔 순한 맛을 살려야겠다. 어머니와 마지막 먹었던 그리움 맺힌 라면을 되짚으면서 이순耳順이 가까워가는 나도 입맛뿐만 아니라 심성도 순하게 다듬어가야겠다.

밥벌이

스무 살 시절이었다. 별다른 배움도 재능도 없었던 나는 엄마에게만 생계를 의존하고 있었다. 엄마가 힘들게 지은 농사로 밥을 먹는 데는 곤란을 겪지 않았다. 그때 나는 엄마가 밥벌이를 위해 얼마나 험한 길을 걷고 있었는지 모르는 철부지였다.

시골 생활이 심심하고 지루해지면 구미에 살고 있는 언니 집으로 놀러갔다. 네살박이 조카를 봐 주는 게 내 일거리였다. 어디 한 군데 미운 구석이 없는 귀여운 조카였다. 언니 부부가 조카를 나에게 맡기고 외출하는 날, 걸리기도 하고 업기도 하며 김천 직지사에 구경을 간 적도 있었다. 길가에는 개나리꽃이 조카의 웃음같이 맑고 밝게 피어 있었다.

나도 떳떳한 밥벌이의 필요성을 느끼던 차에 SS전자 사원 모집 전단지를 보게 되었다. 언니와 상의하여 입사 지원을 했다. 준비물이 여름 이불과 세숫대야였던 걸로 기억한다. 준비물을 보자기에 싸들고 다른 지원자들과 같이 수원으로 가는 회사 차량에 올랐다.

그날 밤 나는 깊은 실의에 빠지고 말았다. 공동 식사며 공동 취침, 모두가 낯설고 정이 가지 않았다. 출구 없는 감옥에 갇힌 듯 여겨졌다. 이튿날 관리자에게 집으로 돌아가겠다고 알리고 출발지였던 구미 언니네 아파트로 돌아왔다. 집에 있을 줄로만 알았던 언니는 대구 시댁에 가고 현관문은 굳게 잠겨 있었다.

그 보따리를 들고 시골집으로 갈 수는 없었다. 사람들의 눈을 피할 수 있는 으슥한 화단에 보따리를 내려놓고 언니네 현관문이 열리기만을 하염없이 기다렸다. 어둠이 깔리자 날아든 모기떼들은 배고파도 밥 한술 뜨지 못한 나를 놀리기라도 하듯 앵앵거리며 달려들었다.

시골집에서 무위도식하던 어느 가을날이었다. 한마을 초등학교 친구 순이가 갑작스레 찾아왔다. 양산 GA전자에 다니고 있는 친구였다. 사무직이 비어 너를 추천했으니 당장 같이 가자는 것이었다. 그길로 따라나섰다. 그 친구 자취방에서 하룻밤 신세를 졌다.

다음날 아침 친구와 함께 회사에 갔다. 시험은 직속 과장이, 새로 올 직원이 앉을 빈자리를 권하며 백지에 글씨를 써 보라고 했다. 내가 써낸 글씨를 보고 칭찬하더니 바로 합격시켰다. 그런데 내 마음은 기쁘고 만족스럽지가 않았다. 작은 밥벌이를 위해 낯선 곳에서, 낯선 사람들과 생활해야 한다는 사실이 막막하게 다가왔다. 한참 동안 갈등하다가 하루도 견디지 못하고 그곳을 떠나오고 말았다. 고향집 근처 우물가에는 은행잎이 지천으로 떨어져 있었다.

그해 겨울, 인근 읍에 있는 회사에 취직이 되어 별 탈 없이 출퇴근할 수 있었으나 그리 오래 근무하지는 못했다. 그 일 년 남짓이 내가 직장생활로 밥벌이를 한 전부였다.

직장생활을 수월하게 못한 나를 닮았는지 딸아이도 서른 살이 넘도록 안정된 직장을 얻지 못하고 있다. 제가 원한 대로 대도시의 대학을 졸업했는데도 제 밥벌이하기가 여간 어렵지 않은 모양이다.

　제 딴엔 무엇이 좋아 보여서인지 '가정주부 하겠다.'는 말을 뱉기도 했다. 세상 물정 모른다고 나무라면 잔소리가 될 테고, 벙어리 냉가슴을 앓을 수밖에 없었다. 한번은 작정하고 직장의 중요성을 설득했더니 저와 같은 학과를 졸업한 친구 누구누구도 취업을 못했다고 둘러댔다.

　그런 딸아이에게 극적인 변화가 왔다. 취업의 높은 벽 앞에 움츠리고만 있더니 우선 급한 대로 일자리를 구했다는 소식이었다. 일도 적성에 맞고 근무시간도 짧고, 보수도 괜찮은데 계약기간이 1년이라 그 후 보장이 불확실하단다. 그래서 전에 하는 둥 마는 둥하다가 그만두었던 공무원 채용 시험공부를 해보면 어떻겠느냐고 의논해 왔다. 내심 무척 반가웠다. 네 뜻대로 하라고 했다.

　"마지막이고 다른 길이 없다."라는 절실함으로 공부하겠다는 결심을 전해왔다. 1년은 부족하다며 2년을 목표로 삼겠다고 했다. 내 밥벌이를 제대로 못하고, 자녀가 밥벌이를 제대로 하도록 가르치지 못한 죄과로 뒷바라지를 약속했다.

새로 온 봄이다. 시장가는 길 담벼락에는 벽화가 그려져 있다. 꿈을 소재로 한 벽화들이다. '네 꿈을 펼쳐라', '모든 사람들의 꿈을 응원합니다', '내가 꿈을 이루면 나는 또 누군가의 꿈이 된다.' 등등. 꿈에 대한 글귀가 있는 벽화들을 스마트폰으로 찍어서 딸아이에게 보냈다. 금방 돌아온 답이 '촌스럽게'다. 하지만 엄마에게는 무엇보다 벅찬 감동의 글귀임을 딸아이도 알게 되는 날이 오리라.

벽화를 비추는 투명한 햇살이 좁다랗고 구부러진 길을 밝혀 주고 있다.

잠이 보배

약속된 장소에 가기 위해 시내버스 정류장에 도착했
다. 할머니 한 분이 일자형 나무 의자에 앉아 굴껍질을
벗겨 입에 넣으며 오물거렸다. 내 쪽으로 고개를 돌렸지
만 기실 나를 보는 건 아니었다. 내 옆의 버스 도착을 알
리는 전광판을 향해 있었다. 나도 버스가 언제 오려나 싶
어 그쪽으로 고개를 돌렸다. 할머니가 입을 열었다.

"내가 저쪽에서 오는데 버스가 금방 가버렸어."

나는 가볍게 미소만 지었다.

"약을 먹었더니 너무 독하네."

할머니가 굴 한 쪽을 또다시 떼어 입에 넣었다.

"무슨 약인데요?"

"잠 오는 약. 열흘 넘게 잠 한숨 못 잤어. 자려고 누워도 눈이 말똥말똥해지고…."

한약 한 제劑를 지어 먹었는데도 효과가 없어서 수면제를 먹고 있다고 했다.

"한약사에게 얘기해 보지 그러세요?"

"얘기했는데 끝까지 먹어보래."

그 한약이 몹시 쓰고 독하다고 했다.

"전에는 불면증이 없었어요?"

지금 나이가 일흔 셋인데 처녀 때도 잠이 없어서 하루 2시간밖에 못 잤다고 했다.

"전 잠이 많아서 탈이에요."

"그거 보배다. 잠이 보배야."

할머니의 명쾌한 단언이 버스를 탄 뒤에도 귓전에서 떠나질 않았다.

나는 잠이 많은 편이다. 많아도 지나치게 많다는 자책감이 몰려들 때기 있다. 잠 많은 나에게 "잘 잠 다 자고 뭐가 되노."라고 하던 어릴 적 어머니 꾸짖음을 아직도 떨쳐버리지 못하고 있다.

수험생들 사이에 '4당 5락'이란 말이 유행하던 시절이 있었다. 명문대학에 합격하기 위해서는 잠을 하루 네 시간 이내로 줄여야지, 다섯 시간만 자도 떨어진다는 말이었다. 서너 시간만 잠을 자고 열심히 공부하여 명문대학에 합격한 학생의 기쁨은 얼마나 컸을까. 새벽 두세 시면 일어나 부지런히 일하고 자정이 되어서야 잠자리에 든다는 지인도 있다. 처음에는 졸리고 어지럼증이 나기도 했지만, 얼마 뒤부터는 졸릴 새도 없이 바빠지니 초롱초롱한 정신으로 자정을 맞게 되더란다. 이런 사람들은 요령 있게 잠을 부리면서 살지만 나는 요령 없이 잠에게 부림을 당하며 살고 있다.

여학교에 다닐 때 외가 동네에 살던 오빠는 길에서 나를 만나면 농 반 놀림 반으로 '잠보!'라고 놀렸다. 웃으며 말하는 낯에 침을 뱉을 수는 없어 들은 듯 만 듯 지나치곤 했다. 우리 집에 온 일도 없으니 내가 잠자는 모습을 봤을 리도 없는데 왜 나만 보면 잠보라고 했을까. 내 얼굴 어느 구석에 잠과 각별한 연緣이라도 있다 쓰여 있었던 걸까. 그런 놀림을 받을 때는 속이 상하기도 하고 부끄럽기도 했지만 그렇다고 오는 잠을 막을 수는 없었다.

그 오빠는 마을에서 제일가는 부잣집 맏아들이었다.

부모가 물려준 논밭과 목축장을 맡아서 열심히 일했다. 그리고 결혼도 했다. 결혼 상대자는 자신과는 달리 가난한 집안의 딸이었지만 인근에서 미인이라고 소문난 아가씨였다. 남매를 낳아 기르며 잘 사는 것처럼 보였는데 나중에 들으니 그의 아내가 시어머니의 구박을 견디지 못해 불면증에 시달린다 했다. 그 뒤 몇 년 사이 우울증으로 입원했다가, 호전되었다는 말이 들리더니 끝내 스스로 목숨을 끊고 말았다. 아무리 부유한들 편안한 잠자리만큼 행복한 게 없지 않을까.

'신라의 달밤 165리 걷기대회'에 참가한 적이 있었다. 전날 저녁부터 이튿날 낮까지 무려 18시간을 자지 않고 걷고 나니 발목, 무릎, 엉치가 어그러지는 듯 아파 꼼짝도 할 수가 없었다. 초저녁, 만사 제쳐두고 푹 자고 일어나니 거짓말처럼 아픔이 말끔하게 가셨다.

요즘 잠이 보배라고 하던 할머니의 말이 문득문득 귀정을 울리곤 한다. 여태 무엇 하나 이루지 못하고 지내는 게 잠이 많아서 그런 건 아닐까 하는 자괴감에 빠지기도 하지만, 이만큼 건강을 유지할 수 있는 것은 단잠을 자는 덕분이라고 자위하며 지낸다.

여간한 괴로움이 있어도 머리 싸매고 끙끙대지 않는다. 이불 뒤집어쓰고 누워 잠이 들어버리는 순간 세상만사를 잊을 수 있고, 자고 깨면 한결 고민이 엷어져 걱정에서 차츰 헤어나게 되는 것이다. 잠은 잡생각이 가득한 내 머리 속을 정화시켜 준다. 내게 잠은 만병통치약에 버금가는 건강 유지제維持劑이다.

왜 잠이라고 연습이 필요하지 않겠는가. 잠 잘 자는 습관을 보배같이 간직하여 긴 잠에 들 날에 대비해야겠다.

행복은

우리 삶에 있어서 행복보다 더 큰 화두는 없을 것이다. 행복해지고 싶은 것은 인류 공통의 목표일 테니. 인간은 어떠한 상황에서 무엇을 하든 행복을 꿈꾸며 살아간다. 행복의 조건도 천차만별이고 행복의 성향 또한 각양각색일 것이다.

영국의 심리학자들이 '행복의 지수=개인의 성격+(5×건강 등 생활조건)+(3×자존감 등 높은 수준의 요구사항)'이라는 공식을 발표했다. 전 세계 구석구석에 흩어져 사는 사람들의 행복을 이 산출 공식에 의해 일률적으로 측정하기에는 무리가 따를지도 모른다. 주어진 여건을 어떻게 판단하고 대처하느냐에 따라 행복의 수치는 현저히 달라지리라 본다.

행복은 사막의 모래 알갱이 하나에서도 발견할 수 있다고 한다. 행복의 구심 역할을 하지 않는 것은 없어 보인다. 티끌 한 점에도 행복을 생성시킬 요소는 감춰져 있으리라. 소박한 것에 감사하고 기쁨으로 여기는 마음이 행복을 손에 넣는 비결이 아닐는지.

욕심을 버리고 가난해진 마음에 둥지를 트는 게 행복일 것이다. 텅 빈 방에 햇빛이 가득하다지 않던가. 가볍게 비운 마음이라야 수정 같은 행복이 깃들 수 있으리라. 물질의 풍요 가운데서는 오히려 행복을 놓치기 쉬운 법이 아닐까?

행복은 후미진 곳에 피어난 풀꽃과 같다. 끝없는 황톳길 옆을 흐르는 청량한 시냇물과도 같고, 한적한 숲속에서 들리는 청아한 새소리와도 같다. 깊은 바다 속 진주이기보다는 모래 기슭의 조가비에 숨겨 있는 고운 빛깔이리라. 행복은 심성 깨끗한 자만이 호흡할 수 있는 산뜻한 청량제이며, 눈길 따뜻한 이만이 바라볼 수 있는 신비한 오아시스일 것이다.

언젠가 머리를 다쳐 가벼운 수술을 받은 적이 있었다.

치료받는 열흘 동안 머리를 감지 못했다. 무더운 여름이라 참아내는 게 상당한 고역이었다. 마침내 상처가 아물고 머리를 감을 수 있게 되었다. 샤워기를 타고 쏟아지는 물을 처음 맞을 때의 느낌은 '아! 행복하구나.'였다. 일정한 시간이 지나면 습관적으로 반복하던 머리감기, 그 사소한 일에서 커다란 행복을 느끼게 될 줄은 이전에 미처 알지 못했다. 행복은 평범하고 사소한 것에 몸을 숨기고 있다가 틈만 생기면 나타나 사람의 마음을 사로잡는 깜짝 이벤트일는지도 모른다. 신체가 건강하면 건강한 대로, 불편하면 불편한 채로, 행복은 각기 모습을 달리하여 나타날 것이다. 행복은 적재적소에 현신하는 천수천안관자재보살을 닮았다.

약간 장애가 있는 딸을 가진 친구가 있다. 바람 부는 날을 두려워해 학교에 못 가는 아이를 모임에 데리고 왔다. 친구의 가슴속에는 그날 하루뿐만 아니라 걱정의 바람이 그치는 날이 없었을 것이다. 아이는 귀까지 덮는 모자를 쓰고 귀를 손으로 막고도 불안한 표정으로 엄마 곁에 바짝 붙어 있었다. 친구는 그런 딸의 얼굴을 잠시 내려다보다가 가녀린 어깨를 다독이며, "어떻게 해서든 네

병은 고쳐 줄게.” 했다. 그러자 딸은 친구의 귀에다 대고 “엄마 사랑해.”라고 속삭였다. 바람은 기세를 줄여 포근히 주위를 감싸고 있었다. 어느 모녀의 모습이 이보다 더 아름다울 수 있을까.

　딸의 아픔을 끌어안고 살며 그 아픔을 치유해주기 위해 성심을 다하는 어머니. 그런 어머니의 진심에 감사해 하는 딸. 어떤 부유하고 건강한 모녀에게서도 발견할 수 없는 행복의 실체였다. 행복은 오히려 피치 못할 어려운 상황 속에서 더욱 빛이 나는가 보았다.

　행복은 화창한 봄날을 맞이하는 설렘과 같을 것이다. 부드럽게 볼에 스치는 미풍, 대지를 뚫고 나오는 새싹, 밝은 햇살에 미소 짓는 꽃봉오리처럼. 이 세상에 잠시 소풍 나온 듯이 살아간다면 하루는 더없이 소중할 것이요. 행복은 우리의 가까이로 성큼 다가들 것이다.

　슈리 푼자가 말했다. “참 행복에 이르려면 생각하지 마라. 어떤 욕망도 만들지 마라. 그냥 고요히 하라.” 복잡하게 얽혀든 삶에서 희망이 멀다고 느껴질 때 꺼내 보고 싶은 말이다.

내 이름

언젠가 어머니로부터 내 이름을 짓게 된 경위를 들었다. 아버지께서 항렬자行列字 진晉에 딸이라고 숙淑을 붙여 지었다고 했다. 아들은 작명가를 찾아가 훌륭한 이름을 지으려고 하신 분이 딸은 아무렇게나 직접 지어버린 모양이다. 그 시절 남녀 귀천의 차별을 탓해 무엇하리. 더욱이 아버지께서도 떠나고 없는 마당에 있어서랴.

십분 이해를 한다고 치더라도 가끔은 내 이름을 허술하게 지어서 귀한 대접을 받지 못하는 건 아닐까 싶어 심사가 불편할 때도 있다.

여중에 입학해서 내 이름이 장난의 도마에 올랐다. 말괄량이 기질이 다분한 친구가 있었다. 그 친구가 쉬는 시간에 칠판에다 발진숙이라 써 놓고 우스개로 삼았다. 그 뒤로는 아예 내 이름을 발진숙이라 불렀다. 손이든 발이든 크게 개의치 않지만 신체상의 위치는 엄연히 다르다. 내 이름이 허리쯤에 있다가 발 아래로 굴러 떨어진 느낌이었다. 누군가의 발에 밟히고 있는 듯한 묘한 기분마저 들었다.

그에 그치지 않았다. 설상가상 국어 선생님은 짜린숙이라고 부르는 것이었다. 진(긴)이 짜린(짧은)으로 둔갑해 버렸다. 이때부터 어쩌면 길다면 길고 짧다면 짧은 세월의 가시밭을 헤매기 시작하지 않았나 싶다.

내 이름이 별 의미를 두지 않고 지었다는 사실을 알고 나서 나만의 고유한 의미를 지닌 이름이 갖고 싶었다. 막연히 생각에만 머무르다가 몇 년 전 문학을 가르쳐주신 구림丘林 선생님께 이름을 하나 지어 달라고 부탁드린 적이 있다. 오래 답이 없으시더니, 수강생 몇이 선생님 댁에 들른 날이었다. 그 자리에서 이름 두어 개가 적힌 메모지를 내놓으셨다. 필명筆名이기보다는 아호雅號인 셈이었다. 다전茶田과 소전素田이 있었다. 동석했던 문우文友들은 나의 성姓이 손이니까 비슷한 글자는 피하고 다전을 권했다. 내 생각은 달랐다. 글자의 외형보다 뜻을 살폈다. 茶보다는 素가 마음에 끌렸다. 나는 흰 것을 좋아한다. 꽃도 흰 빛깔이 좋고, 옷도 흰 색깔을 즐겨 입는다. 소전을 골라잡았다. 막상 素田이라는 이름을 받아 가졌으나 조심스러워 감히 쓰지 못하고 있다.

인터넷 카페의 내 별명은 '진이'다. 진이 하면 황진이가 언뜻 떠오른다. 황진이는 경국의 미색을 갖추었을 뿐 아니라 한시와 시조, 서화, 음률에도 뛰어난 여인으로 꼽힌다. 황진이의 저 먼 발치에도 가 닿을 수 없지만 닮고 싶은 마음이야 왜 없겠는가.

손진숙에서 머리격인 '손'을 떼고 발에 해당하는 '숙'도 자르고 가운데 '진'만 남겼다. 그러나 '진'은 외따로 외로울까봐 '이'를 붙여 '진이'다. 진의 뜻은 '짧다'의 대의어인 '길다'의 '진'도 아니고, '마르다'의 반의어인 '질다'의 '진'도 아니고, 거짓의 반대어인 '진眞'도 아니다. 이왕이면 다홍치마라던네 그 모두를 이우르는 뜻을 지녔다고 해버리면 너무 거창하다고 폭소를 터트릴까.

누가 보아도 박색에다 둔재인 내게 잘난 이름이나 아호가 무에 필요하겠는가. 그저 나를 가리키는 이름이면

족하리라. 딸이라고 쉽게 지었다는 이름 '진숙'은 특출한 데 없는 내게 오히려 어울리는 이름인지도 모른다. 나와 인연이 된 내 이름을 더럽히지 않으며 살고 싶은 나의 바람이다.

내 이름을 다시 차근히 뜯어본다. 집안의 대물림이 있고, 여자의 일반성이 있고, 거기다 아버지의 소박한 마음이 담겨 있다. 그동안 시시하게 여겼던 내 이름이 특별하게 다가오는 새로움을 발견한다.

작가의 말

2012년 여름, 첫 수필집을 묶고
5년이 지나 맞는 여름입니다.
한 치도 앞으로 나아가지 못하고
털썩 주저앉아 있다가
수줍은 풀꽃 향기에 힘을 얻어 봅니다.
이 부끄러운 두 번째 수필집이
누군가의 가슴에 온기가 되어
작은 위로나미 드릴 수 있다면
더없는 기쁨이겠습니다.

2017년 여름

손진숙